TRANSFORMANDO A MENTE

TRANSFORMANDO A MENTE

Ensinamentos sobre como gerar a compaixão

བློ་སྦྱོང་

SUA SANTIDADE,
O 14º DALAI-LAMA

Tradução para o inglês de Geshe Thupten Jinpa

Organização de Dominique Side e Geshe Thupten Jinpa

Tradução
WALDÉA BARCELLOS

Martins Fontes
São Paulo 2000

Esta obra foi publicada originalmente em inglês com o título
TRANSFORMING THE MIND, por Harper Collins Publisher, London.

1ª edição
dezembro de 2000

Tradução
WALDÉA BARCELLOS

Revisão gráfica
Ivete Batista dos Santos
Andréa Stahel M. da Silva
Produção gráfica
Geraldo Alves
Paginação/Fotolitos
Studio 3 Desenvolvimento Editorial (6957-7653)

Dados Internacionais de Catalogação na Publicação (CIP)
(Câmara Brasileira do Livro, SP, Brasil)

Bstan-'dzin-rgya-mtsho, Dalai Lama XIV, 1935-
Transformando a mente : ensinamentos sobre como gerar a compaixão / sua santidade, o 14º Dalai-Lama ; tradução para o inglês de Geshe Thupten Jinpa ; organização de Dominique Side e Geshe Thupten Jinpa ; tradução Waldéa Barcellos. – São Paulo : Martins Fontes, 2000.

Título em inglês: Transforming the mind.
ISBN 85-336-1349-0

1. Budismo – Tibete 2. Compaixão (Budismo) 3. Literatura budista tibetana 4. Meditações budistas I. Side, Dominique. II. Jinpa, Geshe Thupten. III. Título.

00-4989 CDD-294.3923

Índices para catálogo sistemático:
1. Budismo tibetano : Religião 294.3923

Livraria Martins Fontes Editora Ltda.
Rua Conselheiro Ramalho, 330/340
01325-000 São Paulo SP Brasil
Tel. (11) 239-3677 Fax (11) 3105-6867
e-mail: info@martinsfontes.com
http://www.martinsfontes.com

ÍNDICE

PREFÁCIO

Em maio de 1999, Sua Santidade, o Dalai-Lama, deu três dias de aulas sobre *As oito estrofes sobre a transformação da mente* no Wembley Conference Centre em Londres, bem como uma conferência aberta ao público intitulada "Ética para o novo milênio" no Royal Albert Hall. A visita de Sua Santidade à Grã-Bretanha realizou-se a pedido do Tibet House Trust, GB.

A convite do Arcebispo de Cantuária, Sua Santidade também proferiu a 10ª Conferência Ecumênica Lambeth por um Mundo em Paz, "O papel das comunidades religiosas", no Lambeth Palace, em Londres.

As oito estrofes sobre a transformação da mente são um dos textos mais importantes de um gênero de literatura espiritual tibetana conhecida como *lo-jong*, em tradução literal "a transformação da mente". Escrita pelo mestre tibetano do século XI, Langri Thangpa, essa obra é considerada por Sua Santidade uma das suas principais fontes de inspiração.

Temas cruciais dos ensinamentos de *lo-jong* incluem, entre outros, o aperfeiçoamento da compaixão, o cultivo de atitudes equilibradas para consigo mesmo e para com os outros, o desenvolvimento de modos positivos de pensar e a transformação de situações adversas em condições favoráveis ao desenvolvimento espiritual.

Quatro meses antes da realização dos eventos, os ingressos tanto para as aulas quanto para a conferência aberta ao público já estavam esgotados. Infelizmente, em decorrência da falta de espaço, muitas pessoas viram-se impedidas de comparecer. Posteriormente, muitos procuraram a Representação do Tibete em Londres para que o texto desses ensinamentos fosse divulgado ao público em geral. É com prazer, portanto, que publicamos este livro.

A Representação do Tibete gostaria de agradecer a transcrição dos ensinamentos a Jane Rasch e Cait Collins, e a edição a Dominique Side. Nossa gratidão ao Dr. Thupten Jinpa por interpretar para o inglês os ensinamentos de Sua Santidade e também por nos auxiliar com a edição final do original.

SR. MIGYUR DORJEE

REPRESENTANTE DE SUA SANTIDADE, O DALAI-LAMA

EM LONDRES

Capítulo 1

A BASE DA TRANSFORMAÇÃO

བློ་སྦྱོང་

O significado da transformação

O termo tibetano Lo-Jong tem o significado literal de "treinamento da mente" ou "transformação da mente" e implica, de certo modo, uma disciplina interior. Todo o sentido de transformar nosso coração e mente reside em encontrar a felicidade. Quando falamos da felicidade e do sofrimento, estamos naturalmente nos referindo à nossa experiência da felicidade e do sofrimento, ou seja, estamos lidando com algo que tem influência direta sobre a mente humana. Deixando de lado a questão filosófica de saber se existe ou não algo que se chama consciência e que é distinto do nosso corpo físico, o que é evidente é que, na qualidade de seres humanos, todos nós temos o desejo natural de ser felizes e de superar o sofrimento. Essa é uma constatação, e podemos fazer dela nosso ponto de partida.

No entanto, antes de desenvolver esse ponto de modo mais detalhado, examinemos rapidamente a natureza da experiência. Creio que podemos afirmar com segurança que a experiência ocorre no nível da consciência ou da mente, porque, embora falemos de experiências físicas, elas não têm somente o corpo como origem. Se, por exemplo, tornarmos dormente uma parte específica do nosso corpo, já não poderemos ter sensação. Portanto, a experiência está relacionada à sensação; e a sensação por sua vez está relacionada à consciência. Em termos gerais, nossas experiências enquadram-se em duas categorias. Um tipo de experiência está mais vinculado ao nosso corpo e ocorre principalmente através dos nossos órgãos dos sentidos, ao passo que o outro tipo está mais relacionado àquilo que pode ser chamado de "consciência mental" ou "mente"

No que diz respeito ao nível físico da experiência, não há muita diferença entre nós e outras espécies animais. Os animais também têm a capacidade para sentir tanto a dor quanto o bem-estar. No entanto, talvez o que distinga a nós, seres humanos, de outras formas de vida seja o fato de termos experiências mentais muito mais poderosas sob a forma de pensamentos e emoções. Ora, é evidente que poderíamos especular sobre a existência de certas espécies de animais que também seriam capazes de ter esse tipo de experiência, pelo menos até certo ponto – alguns animais dispõem da capacidade da memória, por exemplo –, mas, em geral, é razoável dizer que os seres humanos têm uma capacidade maior para experiências no nível mental.

O fato de existirem duas amplas categorias de experiência tem alguns corolários interessantes. O mais importante, se o estado mental essencial de uma pessoa for sereno e calmo, é possível que essa paz interior supere uma experiência física dolorosa. Por outro lado, se alguém está sofrendo de depressão, ansiedade ou qualquer forma de perturbação emocional, mesmo que ele ou ela por acaso desfrute de conforto material, na realidade não conseguirá vivenciar a felicidade que esse conforto oferece. Isso demonstra, portanto, que nosso estado mental, em termos das nossas atitudes e emoções, desempenha um papel crucial em determinar de que modo experimentamos a felicidade e o sofrimento. Os ensinamentos de *lo-jong* sobre a transformação da mente propõem uma série de métodos pelos quais podemos focalizar e disciplinar nossa mente para, assim, criar a base para a felicidade que buscamos.

Todos nós sabemos que existe uma íntima ligação entre o bem-estar físico e o bem-estar emocional. Sabemos, por exemplo, que as enfermidades físicas afetam nosso estado mental; e que, inversamente, um grau maior de bem-estar físico contribui para um aumento da serenidade mental. Como costumamos reconhecer essa correlação, muitos de nós dedicam-se a práticas e exercícios físicos para ajudar a produzir aquele bem-estar físico que propiciará nossa revigoração mental. Existem certas práticas tradicionais que têm como objetivo treinar nossos padrões de energia. São chamadas de *prana yogas*, ou "iogas da energia do vento". Hoje em dia, os exercícios da ioga tornaram-se muito populares no mundo moderno, também; e isso ocorre exatamente porque muitas pessoas descobriram que através da ioga podem alcançar um nível de saúde física que leva à melhor saúde mental.

O enfoque sugerido pelos ensinamentos de *lo-jong* é, entretanto, ligeiramente diferente. Estes se concentram de modo direto no desenvolvimento da mente em si, através da transformação das nossas atitudes e modos de pensar.

É importante ter consciência de que qualquer prática que realmente transforme nosso coração e mente não é algo que nos possa ser imposto. No caso de exercícios físicos, pelo contrário, algum nível de pressão pode ser muito eficaz para estabelecer a disciplina; mas a disciplina mental exigida para a transformação do nosso coração e mente não pode resultar da força. Ela precisa ser baseada na aceitação voluntária, que, por sua vez, terá por base um reconhecimento pessoal de que certas atitudes e certos modos de ser são benéficos, ao passo que outros não são. Somente nessas circunstâncias, ao reconhecer esse ponto, estamos assumindo voluntariamente a responsabilidade de seguir uma disciplina espiritual. Essa forma de compromisso com um caminho espiritual é a única forma que transformará nossa mente.

Conclui-se que o segredo para transformar nosso coração e mente consiste em ter uma compreensão de como funcionam nossos pensamentos e emoções. Precisamos aprender a identificar as facções contrárias em nossos conflitos interiores. Diante da raiva, por exemplo, precisamos entender como a raiva é destrutiva e, ao mesmo tempo, perceber que existem antídotos dentro dos nossos próprios pensamentos e emoções que podemos usar para neutralizá-la. Portanto, em primeiro lugar, através da compreensão de que pensamentos e emoções angustiantes são destrutivos e negativos; e, em segundo lugar, por meio do esforço para fortalecer nossas emoções e pensamentos positivos, que são seus antídotos, podemos aos poucos reduzir a intensidade da nossa raiva, do nosso ódio ou outra emoção negativa.

No entanto, quando nos decidimos a trabalhar nossa raiva ou nosso ódio, não basta simplesmente manifestar um desejo com devoção: "Que a raiva não brote em mim" ou "Que eu me veja livre do ódio". Embora isso possa ser útil, só o desejo não vai adiantar muito. É preciso fazer um esforço deliberado para seguir uma disciplina consciente, uma disciplina que apliquemos por toda a nossa vida, para reduzir a intensidade da raiva e estimular seu oposto, o altruísmo. É assim que se disciplina a mente.

O método para investigar como os pensamentos e emoções surgem em nós é através da introspecção. É perfeitamente natural que surjam muitos pensamentos e emoções diferentes. Por que motivo deveria ser assim é, naturalmente, uma questão filosófica. Segundo a filosofia budista, muitos deles derivam de hábitos passados e do carma, que causam a tendência de um indivíduo para pensar e sentir. Qualquer que seja a explicação, a verdade é que vários pensamentos e emoções de fato surgem em nós; e, quando nós os ignoramos ou não os controlamos, isso leva a uma infinidade de problemas, crises, sofrimento e infelicidade.

É por isso que precisamos adotar a disciplina consciente da qual já falamos: para reduzir o poder de uma emoção negativa como a raiva ou o ódio, precisamos estimular seu antídoto, que é o amor e a compaixão.

Não basta reconhecer que é isso o que é necessário, da mesma forma que não basta simplesmente desejar que o amor e a compaixão cresçam dentro de nós. Precisamos fazer um esforço sistemático, repetido, para cultivar dentro de nós os aspectos positivos. E nesse caso, o segredo é a familiaridade constante. A natureza das emoções e pensamentos humanos é tal que, quanto mais nos envolvemos com eles, e quanto mais os desenvolvemos, mais intensos eles se tornam. Logo, precisamos desenvolver o amor e a compaixão no nível consciente a fim de fazer crescer sua força. Estamos, de fato, falando num modo de cultivar hábitos que sejam positivos. Fazemos isso através da meditação.

Meditação: uma disciplina espiritual

O que entendemos por meditação? Do ponto de vista budista, a meditação é uma disciplina espiritual, que nos permite algum nível de controle sobre nossos pensamentos e emoções.

Por que não conseguimos desfrutar da felicidade duradoura que buscamos? E por que com tanta freqüência deparamos com o sofrimento e a infelicidade em seu lugar? O budismo esclarece que, no nosso estado mental normal, nossos pensamentos e emoções são descontrolados e rebeldes; e, como nos falta a disciplina mental para dominá-los, somos incapazes de controlá-los. Resultado, são eles que nos controlam. E os pensamentos e emoções, por sua vez, costumam ser controlados pelos nossos impulsos negativos, em vez de o serem pelos positivos. Precisamos inverter esse ciclo, de modo que nossos pensamentos e emoções sejam liberados da subserviência aos impulsos negativos e que nós mesmos, na nossa individualidade, ganhemos controle sobre nossa própria mente.

A idéia de produzir uma mudança tão fundamental em nós mesmos pode à primeira vista parecer impossível. No entanto, é realmente possível realizar essa mudança através de um processo de disciplina tal como a meditação. Escolhemos um objeto específico, e então treinamos a mente desenvolvendo nossa capacidade de manter a atenção concentrada no objeto. Normalmente, se tirarmos apenas um momento para refletir, veremos que nossa mente é totalmente dispersiva. Podemos estar pensando em alguma coisa e, de repente, descobrimos que fomos distraídos porque algum outro pensamento entrou na nossa cabeça. Nossos pensamentos estão constantemente correndo atrás disso ou daquilo porque não temos a disciplina de concentrar a atenção. Portanto, através da meditação, o que podemos alcançar é a capacidade de voltar nossa mente para qualquer objeto determinado e focalizar a atenção nele, de acordo com nossa vontade.

Ora, é evidente que poderíamos decidir enfocar um objeto negativo na nossa meditação. Se, por exemplo, alguém estiver apaixonado por uma pessoa e concentrar a mente exclusivamente nessa pessoa, insistindo em pensar nas suas qualidades desejáveis, isso terá o efeito de aumentar seu desejo sexual por aquela pessoa. Mas não é esse o objetivo da meditação. De uma perspectiva budista, a meditação deve ser praticada em relação a um objeto positivo, com o que queremos dizer um objeto que aumente nossa capacidade de concentração. Através da familiaridade, nós nos aproximamos cada vez mais do objeto e temos uma sensação de envolvimento com ele. Na literatura budista clássica, esse tipo de meditação é descrito como *shamatha*, a permanência serena, que é uma meditação de ponto único de concentração.

A *shamatha* em si só não basta. No budismo, associamos a meditação de ponto único à prática da meditação analítica, que é conhecida como *vipasyana*, discernimento penetrante. Nessa prática, aplicamos o raciocínio. Quando reconhecemos os pontos fortes e fracos de diferentes tipos de pensamentos e emoções, bem como suas vantagens e desvantagens, conseguimos aprimorar nossos estados mentais positivos que contribuem para uma sensação de serenidade, tranqüilidade e contentamento além de reduzir a incidência daquelas atitudes e emoções que conduzem ao sofrimento e à insatisfação. Desse modo, o raciocínio desempenha um papel de grande auxílio nesse processo.

Eu deveria salientar que os dois tipos de abordagem meditativa que descrevi, a de ponto único e a analítica, não se distinguem pelo fato de cada uma contar com um tipo diferente de objeto. A diferença entre elas reside no modo pelo qual cada uma é aplicada, não no objeto escolhido.

Para esclarecer mais este ponto, vou recorrer ao exemplo da meditação sobre a impermanência. Se aquele que medita se mantiver concentrado no pensamento de que tudo muda de um momento para o outro, essa é a meditação de ponto único; ao passo que, se alguém meditar sobre a impermanência através da aplicação constante, a tudo o que encontrar, dos diversos argumentos referentes à natureza impermanente das coisas, reforçando sua convicção no fato da impermanência por meio desse processo analítico, ele estará praticando a meditação analítica sobre a impermanência. As duas têm um objeto comum, a impermanência, mas o modo de aplicação de cada meditação é diferente.

Minha impressão é que os dois tipos de meditação são de fato praticados em quase todas as tradições religiosas mais importantes. No caso da Índia antiga, por exemplo, a prática da meditação de ponto único e a aplicação da meditação analítica são comuns a todas as tradições religiosas importantes, budistas e não-budistas. Durante uma conversa com um amigo cristão alguns anos atrás, eu soube que no cristianismo, em especial na tradição ortodoxa grega, existe uma longa e sólida história de meditação contemplativa. E, da mesma forma, uma série de rabinos judeus falou comigo sobre certas práticas místicas no judaísmo que envolvem uma forma de meditação de ponto único.

É portanto possível integrar os dois tipos de meditação numa religião teísta. Um cristão, por exemplo, poderia dedicar-se à contemplação refletindo sobre os mistérios do mundo, sobre o poder da graça divina ou sobre várias razões que considere intensamente inspiradoras e que aumentem sua crença no divino Criador. Através de um processo dessa natureza, o indivíduo poderia chegar a uma profunda fé em Deus, e poderia então pousar sua mente nesse estado, mantendo o foco nesse ponto único. Desse modo, o praticante chega a uma meditação de ponto único sobre Deus através de um processo analítico. Portanto, os dois aspectos da meditação estão presentes.

Obstáculos à meditação

Alguns textos budistas mencionam os quatro obstáculos principais que devem ser superados para que a meditação seja bem-sucedida. O primeiro é a dispersividade ou distração mental, que surge no nível inferior da mente e se refere à tendência dos nossos pensamentos de se dispersarem. O segundo obstáculo são o entorpecimento e a sonolência, ou a tendência a adormecer. O terceiro é uma frouxidão mental, o que significa que nossa mente é incapaz de manter acuidade e clareza. Finalmente, num nível muito mais sutil, existe a excitação mental, ou agitação, que tem como origem a natureza flutuante, inconstante, da nossa mente.

Quando está alerta demais, nossa mente torna-se excitável e facilmente perturbável; assim, nossos pensamentos saem em perseguição de idéias ou objetos diferentes, o que faz com que nos sintamos muito enlevados ou deprimidos. Excesso de entusiasmo gera todo tipo de instabilidade de humor e estados emocionais. Em comparação, quando a frouxidão surge, ela produz uma sensação de trégua, de tal modo que pode parecer perfeitamente agradável, por ser repousante. No entanto, apesar disso, ela é na realidade um obstáculo à meditação. Dei-me conta de que as aves e outros animais, quando bem alimentados, são totalmente relaxados e satisfeitos. Logo, quando ouvimos o ronronar de um gato feliz e bem nutrido, poderíamos dizer que ele se encontra num estado de frouxidão mental.

O entorpecimento mental ocorre num nível mais tosco da mente, ao passo que a frouxidão, que num certo sentido resulta do entorpecimento, é vivenciada num nível muito mais sutil. Com efeito, diz-se que é difícil para quem pratica a meditação distinguir entre a verdadeira meditação e a frouxidão mental. Isso porque na frouxidão mental ainda existe um grau de clareza. A pessoa não perdeu o foco da atenção na meditação, mas não existe nenhum estado de alerta. Portanto, embora tenhamos uma espécie de clareza na nossa percepção do objeto, não há vitalidade nesse estado mental. Para alguém que medite a sério, é muito importante ser capaz de distinguir entre a frouxidão sutil e a meditação verdadeira. Isso tem importância ainda mais crítica tendo em vista a alegada existência de graus diferentes de frouxidão mental.

O outro obstáculo que mencionamos é um estado mental dispersivo, distraído; e isso se refere ao problema muito comum que temos assim que tentamos focalizar a atenção num objeto específico. Descobrimos que nossa mente perde com enorme rapidez seu poder de atenção, passando a ser distraída e transportada por idéias ou lembranças que podem ser agradáveis ou desagradáveis. O quarto obstáculo, a empolgação mental, é uma subdivisão da distração, mas ela se refere de modo mais direto às distrações associadas a objetos de nosso agrado. O motivo para distingui-la numa classe separada está no fato de que pensamentos agradáveis são aquilo que mais nos distrai da meditação. Podem ser lembranças de uma experiência passada, de algo que apreciamos muito ou pensamentos sobre algo que gostaríamos de vivenciar. Lembranças e pensamentos dessa natureza costumam ser fatores importantes que impedem uma boa meditação.

Desses quatro obstáculos, os dois principais são a distração e a frouxidão mental.

Como lidamos com esses obstáculos? O entorpecimento, em particular, parece estar intimamente associado ao nosso estado físico. Logo, por exemplo, se não tivermos dormido bem, podemos nos sentir entorpecidos. Se nossa dieta não for adequada, seja em termos daquilo que comemos, seja da quantidade que comemos, isso também pode gerar um estado de entorpecimento. É por esse motivo que se recomenda aos membros ordenados de ordens monacais budistas que não comam após o almoço. Por meio dessa abstenção, os monges e monjas conseguem manter uma certa clareza mental que é propícia à meditação; e também terão uma acuidade mental quando despertarem no dia seguinte. Portanto, um bom procedimento alimentar é um antídoto muito eficaz para o entorpecimento mental.

Se agora nos voltarmos para o problema da frouxidão mental, diz-se que o motivo pelo qual a frouxidão surge reside no fato de não estarmos suficientemente atentos e de nosso nível de energia estar baixo. Sempre que isso ocorrer, precisamos descobrir um meio de elevar nosso espírito, e uma das melhores formas de realizar isso é o cultivo de uma sensação de alegria por meio da reflexão sobre nossas realizações, sobre os aspectos positivos da vida, e assim por diante. Esse é o principal antídoto para a frouxidão.

Em termos gerais, diz-se que a frouxidão mental é um estado neutro da mente, no sentido de que não é nem louvável nem condenável (ou seja, ele não ocasiona pensamentos e atos louváveis nem condenáveis). No entanto, no início da sessão de meditação, a mente podia estar num estado louvável. Por exemplo, quem medita pode estar com a atenção concentrada na natureza impermanente da vida, e então, a certa altura, essa pessoa começa a perder o estado de alerta da concentração mental e resvala para a frouxidão mental. No início da sua prática, porém, seu estado era louvável.

A agitação ocorre quando nosso estado mental está muito exaltado e nós nos empolgamos demais. O antídoto para isso é descobrir um meio de baixar esse estado de empolgação para um nível mais sóbrio. Um método consiste em refletir sobre pensamentos e idéias que tenham um efeito moderador, como a morte, a natureza efêmera da vida ou o lado fundamentalmente insatisfatório da existência humana.

É evidente que esses métodos podem ser aplicados no contexto de quase todas as tradições religiosas mais importantes. Por exemplo, no caso de uma religião teísta, se a pessoa conclui que ocorre muito entorpecimento e frouxidão mental na sua meditação, ela pode elevar seu estado mental através da contemplação da graça divina ou da grande natureza compassiva do Ser Divino. Esses pensamentos podem instilar na pessoa uma sensação de alegria e elevar sua mente, tirando-a do entorpecimento. Da mesma forma, se houver um excesso de agitação na meditação, refletir sobre como é freqüente que não se consiga viver de acordo com os preceitos e ensinamentos de Deus, ou lembrar-se do pecado original, pode produzir uma sensação imediata de humildade que abrandará a exultação da pessoa. Desse modo, as práticas podem ser adotadas por religiões diferentes e incorporadas a elas.

Resumindo, vimos que, com o objetivo de neutralizar os quatro obstáculos à meditação, e especialmente os dois principais, a distração e a frouxidão mental, o que é necessário é a aplicação habilidosa de duas importantes faculdades mentais: a conscientização e a introspecção. Através da introspecção, nós desenvolvemos uma vigilância que nos permite ver, a qualquer momento, se nossa mente está sob a influência do entusiasmo ou da distração, e também se nossa atenção está concentrada ou se está caindo no entorpecimento. Uma vez que tenhamos observado nosso estado mental, a conscientização permite que voltemos nossa atenção novamente para o objeto da meditação e que mantenhamos nosso foco nele. Logo, poderíamos dizer que a prática da conscientização é a essência da meditação.

Qualquer que seja a forma de meditação praticada, o ponto mais importante consiste em aplicar a conscientização de modo contínuo, com um esforço constante. Não é realista esperar resultados da meditação a curto prazo. O que é necessário é um esforço contínuo e perseverante.

Quer a expressão seja usada, quer não, a meditação analítica é de fato aplicada na vida diária, praticamente em todas as profissões. Tomemos o exemplo de um empresário. Para ter sucesso, ele precisa dispor de uma aguda capacidade crítica, examinar os prós e contras em negociações, e assim por diante. Logo, tenha ele consciência disso ou não, ele está aplicando exatamente as mesmas técnicas analíticas que usamos na meditação.

Em geral, dos dois tipos de meditação, eu diria que é a meditação analítica que parece ter um efeito mais importante para promover a transformação do coração e da mente.

A natureza e a continuidade da consciência

Na primeira linha do texto tibetano *As oito estrofes sobre a transformação da mente* (ver texto traduzido no Apêndice I), a primeira palavra é "eu" (*dag*). É muito importante que nos perguntemos exatamente qual é nossa compreensão desse termo. Para isso, precisamos situar os ensinamentos do Buda dentro do contexto geral das várias tradições espirituais da Índia. Um ponto que distingue a doutrina budista de todas as outras tradições indianas clássicas é o de que ela rejeita qualquer noção de uma alma ou eu eterno, ou *atman*, definido como algo independente da nossa realidade física e mental, único, imutável e permanente.

Os budistas afirmam que aquilo que chamamos de "eu" ou "pessoa" somente pode ser compreendido como uma função dos nossos componentes psicofísicos[1]. Esses são os "agregados" que, juntos, formam nossa existência. Se examinarmos a natureza desses agregados da mente e do corpo, descobriremos que eles estão em constante mutação. Logo, o eu não pode ser imutável. Eles são efêmeros; de modo que o eu não pode ser permanente ou eterno. Eles são variados e múltiplos; e o eu não pode ser único. É por esses motivos que o budismo rejeita a noção de uma alma eterna imutável.

---

1. Existem cinco *skandhas*, ou componentes psicofísicos, na psicologia budista, a saber: forma (o corpo), sensação, percepção, formações mentais e consciência. A primeira está associada ao corpo; e as outras quatro, à mente.

Como todas as escolas budistas sustentam que a existência do eu tem de ser compreendida como uma função dos componentes físicos e mentais do indivíduo, isso quer dizer que o eu não deveria ser encarado meramente no nível tosco do corpo. Na realidade, as escolas budistas costumam definir o eu em relação a uma continuidade da consciência.

Há uma outra questão que é levantada com freqüência no que diz respeito ao eu. O eu tem um início e um fim, ou não?

Algumas escolas budistas, como a escola Vaibhashika, parecem aceitar a noção de ser possível que a continuidade do eu chegue a um fim. No entanto, a maioria das tradições afirma que ele não tem início nem fim, com base no entendimento do eu em relação à continuidade da consciência, e no fato de que as escolas budistas geralmente sustentam ser impossível pressupor um início para a consciência. Se quiséssemos postular um início para a consciência, teríamos de aceitar um primeiro instante de consciência que não é provocado e que surgiu do nada. Isso contradiria um dos princípios fundamentais do budismo, que é a lei de causa e efeito. O budismo aceita a natureza dependente da realidade, segundo a qual tudo ocorre em conseqüência da reunião de certas causas e condições. Logo, se a consciência pudesse vir a surgir sem nenhuma causa, isso estaria em conflito com esse princípio fundamental. Os budistas consideram, portanto, que toda manifestação da consciência precisa ser produzida por causas e condições de alguma natureza. Das muitas causas e condições em questão, a causa principal ou material da consciência deve ser alguma forma de experiência, já que a matéria por si não tem como gerar a consciência. A consciência deve originar-se de uma prévia manifestação de consciência.

Da mesma forma, se tentarmos investigar a origem do mundo material, descobriremos que, pelo menos a partir da perspectiva budista, o mundo também não tem início. Através da análise, podemos reduzir um objeto físico aos elementos que o compõem, em seguida às suas moléculas, suas partículas atômicas, e assim por diante, mas até mesmo estas últimas precisam ser produzidas por suas próprias causas e condições.

Exatamente como se diz que a mente não tem início, também se diz que ela não tem fim, porque não há nada que possa abalar a existência básica da nossa faculdade para o conhecimento e a experiência. Certos estados mentais, como as experiências sensoriais, dependem do corpo físico; e esses estados podem se encerrar quando seu suporte físico deixa de existir, digamos, no momento da morte. No entanto, quando afirmamos que a continuidade da consciência não tem início, nao deveríamos confinar nosso entendimento da consciência ao nível material da existência. Pelo contrário, aquilo a que os budistas se referem é um nível mais sutil de consciência, especialmente o que chamamos de "natureza luminosa da mente"; e é isso o que dizemos ser contínuo e sem fim. Portanto, é com base nesse ponto que os budistas afirmam que o eu não tem começo nem fim.

◆

Geralmente, quando pensam na consciência, as pessoas tendem a ter a impressão de que existe algum tipo de entidade monolítica chamada "mente". No entanto, esse não é o caso. Se nos aprofundarmos um pouco mais, veremos que aquilo que chamamos de "consciência" abrange na realidade um mundo diverso e complexo de pensamentos, emoções, experiências sensoriais, e assim por diante.

Permitam-me ilustrar esse ponto com um exame do nosso modo de perceber as coisas. Para que a percepção possa chegar a ocorrer, é necessária a existência de certas condições. No caso da percepção visual, por exemplo, um objeto externo precisa entrar no campo de atuação do órgão físico, nossos olhos, para produzir o evento perceptivo. É então preciso que haja mais uma condição que permita ao órgão sensorial interagir com o objeto de tal forma que o evento ocasione uma cognição. Ora, os budistas argumentariam que a mente tem uma natureza luminosa, subjacente, que é o "mero fato" da experiência e da percepção. E é essa continuidade que permite que surjam cognições a partir da relação entre os órgãos sensoriais e seus respectivos objetos. Além disso, é essa essencial natureza luminosa da mente que transcende a existência temporal de uma vida específica, já que mantém uma continuidade ininterrupta. Portanto, é isso o que os budistas entendem por expressões tais como "a natureza sem início da consciência" ou "a continuidade da consciência".

Como mencionei anteriormente, os budistas chegam a falar no mundo físico como algo que, em certo sentido, não tem início. "Mas e o Big Bang?", poderia alguém perguntar. "Ele não foi o início do universo?" Para um budista, o Big Bang não pode ser aceito como o verdadeiro início do mundo físico; e, em vez de ser a solução para nosso problema, ele só provoca mais perguntas. Por exemplo, por que o Big Bang chegou a ocorrer? Quais são as condições que levaram ao Big Bang? De uma perspectiva budista, não se pode dizer nem mesmo que o mundo físico teve um início absoluto.

Eu deveria salientar que, quando dizemos que o mundo não teve início, estamos nos referindo a um nível "atômico" muito sutil. Além disso, é obviamente verdadeiro que um universo específico ou um planeta específico tenha um início no sentido de ter surgido num determinado ponto no passado; e de deixar de existir num determinado ponto no futuro. Quando afirmamos que o mundo físico não tem início, estamos, por conseguinte, falando do universo como um todo.

Portanto, tudo isso nos remete ao princípio fundamental de causa e efeito. Para avaliar plenamente esse princípio, é preciso que a pessoa aceite sua pertinência tanto no nível ínfimo dos acontecimentos isolados quanto no nível macroscópico mais amplo. O motivo pelo qual os ensinamentos budistas dão tanta ênfase à importância da causa e efeito não é por ser ela algum tipo de lei divina; mas, sim, porque ela proporciona uma compreensão mais profunda da natureza da realidade. Por que os budistas chegam a essa conclusão? Porque sabemos, a partir da nossa própria experiência e através da observação, que nada surge aleatoriamente. Tudo respeita uma certa ordem. Existe alguma correlação entre eventos específicos e causas e condições específicas. E mais, nada ocorre sem absolutamente nenhuma causa. Uma vez excluídas essas duas possibilidades, da existência aleatória e da falta de causalidade, somos forçados a aceitar a terceira alternativa, ou seja, a de que deve haver um princípio de causação latente, que atua num nível fundamental.

Vocês poderiam querer saber por que essa compreensão da causa e efeito é tão importante para o budista praticante. A razão está no fato de o budismo atribuir enorme importância à transformação do coração e da mente, bem como à realização de mudanças interiores nos nossos modos de ser e de entender. Além disso, no budismo, os métodos de contemplação, meditação e transformação da mente devem ser baseados em algo que exista na realidade. Se a realidade não estiver em harmonia com nossas práticas meditativas, não há nenhuma base real para esperar nenhum progresso no desenvolvimento pessoal. Logo, é por meio do cultivo de uma compreensão da natureza da realidade e por meio do aperfeiçoamento e desenvolvimento dessa compreensão que podemos começar a aplicar os métodos de meditação a nós mesmos e produzir uma transformação interior.

No budismo, observam-se certas práticas com o objetivo de enfrentar problemas específicos. Por exemplo, existem meditações destinadas a reduzir a intensidade do nosso apego e desejo sexual. Poderíamos visualizar toda a superfície da Terra coberta de esqueletos, por exemplo. Essas meditações são praticadas deliberadamente para superar tipos específicos de problemas, mas nesses casos o praticante não acredita de modo algum que a visualização represente a realidade. Ele ou ela tem plena consciência de que essa imagem em particular é cultivada propositadamente como um meio para lidar com certas emoções.

Em geral, o budismo salienta a importância de desenvolver um entendimento racional em relação a qualquer tópico de investigação que se escolha. Isso se dá a partir da simples premissa de que o aumento da nossa compreensão terá um efeito positivo sobre nosso coração e nossa mente; e de que é através do aumento da nossa compreensão e conhecimento que a mudança realmente ocorre. Diz-se que muitos níveis profundos de percepção espiritual resultam do conhecimento, do discernimento profundo e da compreensão. É por isso que o desenvolvimento do discernimento profundo é considerado um elemento tão crucial no caminho espiritual como um todo.

OS QUATRO SINAIS DO BUDISMO

Mencionei anteriormente que é um fato básico da vida todos nós natural e instintivamente desejarmos ser felizes e superar a dor. O desejo de ser feliz é fundamental para todos nós. Quanto ao motivo pelo qual isso ocorre, talvez possamos simplesmente dizer: "É assim porque é assim." No entanto, apesar de todos termos essa aspiração natural, e apesar de ansiarmos pela felicidade, também é um fato natural que repetidamente sofremos experiências dolorosas e encaramos vários tipos de sofrimento. E por que razão? Apesar do nosso profundo desejo de felicidade, por que deparamos constantemente com o sofrimento e a dor no seu lugar?

A partir da perspectiva budista, a razão está em termos certos modos fundamentalmente falhos tanto de perceber a nós mesmos e ao mundo, quanto de nos relacionarmos com nós mesmos e com ele. Na raiz disso tudo está aquilo que o budismo identifica como as quatro falsidades. A primeira consiste em ver coisas e acontecimentos que são na realidade transitórios e efêmeros como eternos, permanentes e imutáveis. A segunda é considerar coisas e acontecimentos que são de fato fontes de insatisfação e sofrimento como agradáveis e verdadeiras fontes de felicidade. A terceira visão falsa é que costumamos captar como puras e desejáveis coisas que na realidade são impuras. E a quarta visão falsa é nossa tendência a projetar uma noção de existência real sobre acontecimentos e coisas que de fato não possuem uma autonomia dessa natureza.

Visões fundamentalmente falhas da realidade levam a certos modos equivocados de nos relacionarmos com o mundo e com nós mesmos, o que por sua vez leva a confusão, infelicidade e sofrimento. Com base nessa dinâmica, o budismo formula o que é conhecido como os Quatro Sinais, um conjunto de axiomas comuns a todas as escolas do budismo. São eles os seguintes:

1 Todos os fenômenos complexos são impermanentes.
2 Todos os fenômenos contaminados são insatisfatórios.
3 Todos os fenômenos são desprovidos de existência independente.
4 O nirvana é a verdadeira paz.

1 Todos os fenômenos complexos são impermanentes

Um dos *insights* fundamentais do budismo é a compreensão de que todas as coisas são impermanentes. Esse é o primeiro dos Quatro Sinais. O que se quer dizer com isso é que todas as coisas que derivam de causas e condições são impermanentes e se encontram num processo de flutuação contínua.

No que diz respeito ao nível material da impermanência, todos temos consciência de como certas coisas terminam, de como as coisas passam por um processo de transformação, e assim por diante. O budista, porém, levaria essa idéia mais além e argumentaria que, subjacente às mudanças perceptíveis que todos podemos observar, deve haver um nível mais sutil de transformação, um processo que pode não ser tão evidente. Se quisermos explicações para as mudanças perceptíveis que acontecem durante um período mais longo, deveríamos, em princípio, ser capazes de rastrear o processo até a menor unidade de tempo concebível. Em termos lógicos, portanto, mesmo dentro de um ínfimo ponto no tempo existe um processo constante e dinâmico. Tudo está passando por esse sutil processo de transformação, mesmo de um instante para outro. Logo, podemos argumentar que qualquer coisa que resulte de causas e condições é, por natureza, impermanente. Em outras palavras, tudo que dependa de condições deverá ser efêmero.

Uma vez que se entenda esse ponto fundamental, pode-se começar a ver que a felicidade que todos aspiramos a alcançar, bem como o sofrimento que todos instintivamente queremos evitar, são em si experiências que resultam de causas e condições. A felicidade e o sofrimento não brotam do nada: resultam das suas próprias causas e condições. Esse próprio fato sugere que, embora alguém possa, por exemplo, estar passando por uma experiência dolorosa, ou mesmo por forte sofrimento, o próprio fato de ser essa experiência sujeita a condições significa que ela deverá passar. Desse modo, chegamos à conclusão de que tanto a felicidade quanto o sofrimento são sujeitos à transformação e são impermanentes. Em termos da sua natureza transitória, portanto, existe uma semelhança entre a felicidade e o sofrimento.

2 Todos os fenômenos contaminados são insatisfatórios

O segundo sinal salienta a diferença entre a felicidade e o sofrimento, e afirma que todos os fenômenos contaminados são fundamentalmente insatisfatórios. Depreende-se que tudo que não derive de causas contaminadas pode ser satisfatório e promover uma sensação de realização. Quando mencionamos fenômenos contaminados neste contexto, estamos nos referindo a acontecimentos e experiências que ocorrem sob a influência de impulsos negativos, ou pensamentos e emoções angustiantes. Chamam-se "contaminados" porque estão infectados pelos poluentes da mente. É por isso que são fundamentalmente insatisfatórios, e é por isso que se diz que sua natureza é *duhkha*, ou sofrimento.

Este segundo axioma não se refere simplesmente àquelas sensações físicas que todos podemos facilmente rotular como dor e sofrimento. É claro que o desejo de nos livrarmos do sofrimento é comum a todos nós, mas há formas diferentes de entender o que é o sofrimento, dependendo do nosso nível de percepção. Quando os budistas falam em superar o sofrimento, em especial no contexto do segundo sinal, estamos nos referindo a um nível muito sutil de sofrimento. Aqueles que são familiarizados com a forma pela qual o budismo classifica os vários tipos de sofrimento saberão que três níveis são identificados: o sofrimento do sofrimento, o sofrimento da transformação e o sofrimento do condicionamento difuso. É desse terceiro nível de sofrimento que tratamos no segundo sinal.

Como mencionei, uma inferência deste segundo axioma é que, se estivermos livres de poluentes da mente, poderemos conquistar a felicidade autêntica e duradoura pela qual ansiamos. A questão é saber por que motivo a natureza dos poluentes é tal que transforma em sofrimento uma experiência específica. E será que é possível derrotar esses poluentes, essas emoções e pensamentos negativos?

Os poluentes mentais, ou emoções e pensamentos aflitivos, referem-se a toda uma classe de pensamentos e emoções que são aflitivos por natureza. A etimologia da palavra tibetana *nyon-mong* sugere algo que nos aflige de dentro; "afligir" com o significado de causar sofrimento e dor. A questão é que a origem de todos os nossos sofrimentos, no nível mais sutil, está nas aflições da mente – impulsos negativos, emoções e pensamentos negativos, entre outros. Isso sugere que a origem do sofrimento está dentro de nós; e que a origem da felicidade também está dentro de nós. A principal descoberta que extraímos daí é que o grau até o qual somos capazes de disciplinar nossa mente é o que determina se somos felizes ou se sofremos. Um estado mental disciplinado, um estado mental transformado em termos espirituais, conduz à felicidade, ao passo que um estado mental indisciplinado, que se encontra sob o poder das aflições, conduz ao sofrimento.

Podemos agora fundir nossas contemplações acerca desses dois primeiros sinais. A partir do primeiro sinal, o de que todos os fenômenos complexos são impermanentes, atingimos a percepção de que qualquer coisa que venha a existir em conseqüência de causas e condições não apenas depende de outros fatores para sua existência, mas também se insere num processo de transformação contínua, sem nenhum poder real para ser auto-suficiente. Além disso, o processo de transformação em si não exige que nenhum terceiro fator venha acioná-lo. Pelo contrário, as causas e condições que propiciam a origem de algo são as mesmas causas e condições que também plantam a semente da sua interrupção. Em suma, tudo que esteja submetido a condições é desprovido de qualquer poder independente próprio. É, portanto, considerado "impulsionado pelo outro" e é determinado por forças externas a si mesmo. Ora, se associarmos essa percepção ao segundo sinal, concluiremos que tudo que resulte de condições e causas contaminadas – os poluentes mentais – é fundamentalmente insatisfatório e se encontra sob o poder desses poluentes.

Ao refletir desse modo, chegamos a reconhecer o fato de que nos permitimos ser dominados e controlados por nossos pensamentos e emoções; e, ainda, que permitimos que nossos pensamentos e emoções sejam determinados por nossos impulsos negativos e outras aflições da mente. Começamos, portanto, a nos dar conta de que, se continuarmos a admitir essa situação, ela somente poderá nos levar à infelicidade e ao sofrimento. Se acompanharmos a linha de raciocínio, chegaremos a encarar nossos pensamentos e emoções angustiantes como forças verdadeiramente destrutivas.

Qualquer coisa que provoque desgraça ou dano deveria ser chamado de inimigo. E isso quer dizer que o inimigo máximo está de fato dentro de nós mesmos. Isso dificulta as coisas! Se nosso inimigo está lá fora, podemos tentar fugir ou nos esconder. Poderíamos até mesmo conseguir enganá-lo às vezes. No entanto, se o inimigo está dentro de nós, é muito mais difícil saber o que fazer. Logo, a questão crucial para quem pratica a espiritualidade é saber se é possível derrotar esse inimigo interior ou não. Esse é também nosso principal desafio.

Se, como foi sugerido por alguns filósofos antigos, for verdadeiro que os poluentes se encontram na própria natureza da consciência em si, e que dela são inseparáveis, conclui-se que, enquanto existir a consciência, esses poluentes existirão como uma característica essencial da mente. Isso deixa implícito que não há nenhuma possibilidade de superá-los. Se isso fosse verdadeiro, eu mesmo preferiria ser hedonista. Não faria nenhum esforço para seguir um caminho espiritual mas procuraria lenitivo no álcool, ou talvez em outras substâncias, e deixaria de lado toda a idéia do treinamento espiritual. Da mesma forma, eu não me daria ao trabalho de me envolver com essas questões filosóficas profundas. Pode ser que, no final das contas, essa seja a melhor forma de ser feliz. Se compararmos os seres humanos aos animais, por exemplo, às vezes nós humanos parecemos enredados na nossa imaginação, sob a impressão de que criamos nossas próprias complicações, ao passo que os animais, que não se entregam a essas atividades intelectuais, podem parecer perfeitamente satisfeitos, calmos e despreocupados. Eles comem; e, quando estão bem alimentados, dormem e relaxam. De um certo ponto de vista, parecem muito mais satisfeitos que nós. Isso nos leva ao terceiro sinal.

3 *Todos os fenômenos são desprovidos de existência independente*

O terceiro axioma, de que todos os fenômenos são vazios e desprovidos de existência independente, não deveria ser interpretado de modo niilista. Não se deveria pensar que os ensinamentos budistas afirmam que, em última análise, nada existe. Esse não pode ser o caso porque estamos de fato falando sobre o sofrimento, sobre a felicidade e sobre o melhor meio de realizar nossa aspiração de ser felizes e superar o sofrimento. Logo, sem dúvida não estamos sugerindo que nada exista. O que o terceiro sinal indica, sim, é que existe uma disparidade essencial entre nossa percepção do mundo e de nós mesmos, e como as coisas realmente são. As coisas não existem na forma que costumamos acreditar que existam, como uma realidade externa, independente e objetiva.

Para descobrir se as emoções negativas, tais como a raiva, o ódio, e outras, são realmente inerentes à natureza essencial da nossa mente, nós examinamos a nós mesmos e a nossa experiência. A raiva está presente em cada instante do nosso estado consciente? O ódio está ali constantemente, o tempo todo? Descobrimos que não. Às vezes a raiva surge; às vezes, o ódio; e depois eles desaparecem. Não se trata tampouco de essas emoções negativas se manifestarem sempre que a consciência esteja presente. A raiva e o ódio surgem, sim; mas às vezes seus opostos, o amor e a compaixão surgem no seu lugar. Disso o budismo depreende que a consciência essencial é nublada por quaisquer pensamentos e emoções que ocorram num dado momento. Nós também sustentamos que duas emoções mutuamente conflitantes, como o amor de um lado e o ódio, do outro, não podem coexistir num único instante na mesma pessoa. Isso sugere que vários pensamentos e emoções ocorrem na nossa mente em momentos diferentes, o que significa que nossas emoções negativas não nos são inerentes como partes inseparáveis e onipresentes da nossa mente essencial. É por isso que dizemos que pensamentos e emoções surgem e então nublam a mente essencial. Consideramos, portanto, que a mente essencial é neutra. Ela pode ser influenciada por emoções e pensamentos positivos ou, então, por negativos. Logo, existe fundamento para a esperança.

Ora, com base em todo esse raciocínio, a grande pergunta para a qual devemos nos voltar é se as emoções angustiantes podem ou não ser de fato eliminadas.

Vimos anteriormente que a mudança e a transformação são possíveis em virtude da impermanência, o que significa que existe realmente uma possibilidade de superar as emoções e pensamentos negativos. Contudo, a questão mais abrangente e mais fundamental é saber se é ou não possível a eliminação total desses poluentes da mente. Todas as escolas do budismo alegam ser isso possível e, de fato, em muitos ensinamentos budistas, encontramos um exame muito abrangente da natureza dessas atribulações, do seu potencial destrutivo, das suas causas e condições, e assim por diante. A essência dessas investigações deveria ser interpretada no contexto da tentativa de eliminar totalmente os impulsos negativos.

Podemos naturalmente mencionar o darma no contexto da ética e falar sobre a atitude de abster-se de matar, de mentir, entre outras; bem como sobre o empenho em atividades virtuosas. No entanto, isso é o darma somente num sentido muito geral do termo, já que diretrizes éticas não são uma exclusividade da doutrina budista. A compreensão da prática espiritual que é exclusiva do budismo está na possibilidade de total cessação dos impulsos negativos. É isso que se chama de nirvana – o total alívio e cessação das aflições da mente. Poderíamos dizer que o nirvana é a essência do darma do Buda.

Para um budista praticante, todos os aspectos da prática do darma têm de ser compreendidos à luz do objetivo espiritual final de libertar-se dos poluentes da mente. Isso também se aplica à ética, sendo as práticas éticas passos na direção do objetivo da liberação. Como o objetivo final de um budista é erradicar todas as emoções e pensamentos negativos que fazem surgir atos negativos, o esforço que um/uma praticante empreende no sentido de levar uma vida ética indica seu compromisso de lidar com emoções e pensamentos negativos. A primeira etapa desse esforço consiste em examinar as manifestações dessas aflições, ou seja, o comportamento físico e verbal.

Quando analisamos a natureza dos nossos pensamentos e emoções angustiantes, vemos que estão implícitas em todas essas experiências certas projeções da nossa mente, certas suposições, que ocorrem independentemente de terem base objetiva ou não. Por exemplo, num objeto que consideramos desejável, percebemos certas qualidades desejáveis e podemos, então, exagerá-las através do poder da nossa imaginação. Temos então a tendência a insistir em pensar nelas e a nos deliciarmos com elas. Tudo isso leva ao desenvolvimento de um apego cada vez mais forte a esse objeto de desejo. De modo similar, quando deparamos com objetos que são indesejáveis, mais uma vez temos a tendência a projetar sobre eles certas características e propriedades muito além da realidade objetiva, e conseqüentemente sentimos repulsa e vontade de nos afastar desses objetos. São esses os impulsos básicos em atuação quando interagimos com as coisas: ou nos sentimos atraídos ou sentimos aversão. Esses impulsos propiciam todos os outros tipos de reação emocional que temos diante de acontecimentos e objetos. Portanto, existe em andamento uma dinâmica, subjacente à qual está um forte apego aos objetos, quer o apego se expresse como desejo, quer como rejeição. Essa é a origem de todas as nossas aflições.

Dentro das várias escolas budistas, há interpretações diferentes da natureza dessas aflições e do que as causa, dependendo das suas respectivas visões da natureza da realidade. Aparentemente as escolas do budismo mais avançadas em termos filosóficos possuem uma compreensão mais profunda daquilo que nos aflige. Por exemplo, o grande mestre indiano Nagarjuna disse que o nirvana deve ser compreendido como um estado de libertação das aflições mentais, bem como dos atos cármicos provocados por elas. O sofrimento é causado por nossos atos cármicos; e esses são motivados pelas forças latentes das emoções e pensamentos negativos. Esses, por sua vez, resultam das nossas projeções e frutos da imaginação, que também estão enraizados numa falsa percepção da realidade. A falsa percepção da realidade neste contexto refere-se a perceber as coisas e os acontecimentos como tendo algum tipo de existência objetiva, real, independente.

De acordo com Nagarjuna, a profunda percepção do vazio é o que realmente desfaz essa fundamental ignorância ou concepção equivocada do mundo. Logo, esse ponto está diretamente relacionado ao terceiro axioma: o de que todos os fenômenos são vazios e desprovidos de existência inerente. Esse axioma afirma que, embora nossa percepção normal nos leve a acreditar que as coisas são permanentes e reais, e que têm algum tipo de existência independente, através da análise concluímos que na realidade elas não possuem essas qualidades. Descobrimos, portanto, que qualquer percepção que sugira terem as coisas uma existência inerente e independente é uma percepção falsa; e que somente o profundo discernimento do vazio pode penetrar essa percepção equivocada e dispersá-la. Muitos pensamentos e emoções negativas que se enraízam em nosso modo falho de encarar a realidade serão portanto eliminados quando surgir esse *insight*, e quando enxergarmos além das nossas percepções, reconhecendo-lhes a falsidade.

Podemos agora resumir todos esses pontos da forma que se segue. Por meio da reflexão pessoal, chegamos à conclusão de que a mente essencial, ou a natureza da consciência, é neutra. Ela não é nem negativa nem positiva. Concluímos também que muitos dos nossos pensamentos e emoções negativas têm sua origem no nosso modo fundamentalmente falho de entender a realidade do mundo e de nós mesmos. Descobrimos então que a profunda percepção do vazio corrige essa impressão equivocada. Além disso, percebemos que as emoções negativas, de um lado, e o *insight*, do outro, apresentam uma oposição mútua direta: sendo a diferença entre eles a de que este último tem por base o raciocínio e a experiência válida, e é corroborado por eles; ao passo que as emoções negativas não têm uma base válida quer no raciocínio, quer na experiência. Portanto, ao reunir todos esses pontos, desenvolvemos um sentido de que, ao cultivar a profunda percepção do vazio, é possível eliminar todas as nossas aflições mentais.

4 *O nirvana é a verdadeira paz*

O quarto sinal aponta para o fato de que a natureza essencial da mente é pura e luminosa. Falsas percepções, assim como emoções e pensamentos negativos, não são inerentes à natureza essencial da mente. Já que as aflições estão enraizadas em falsas percepções, existe um antídoto que as pode erradicar: é o *insight* do vazio de todas as coisas, ou a verdadeira percepção da realidade. É por isso que às vezes nos referimos ao vazio, que é a ausência da existência inerente, como o "nirvana natural". É porque a natureza dos fenômenos é vazia que o verdadeiro nirvana, a verdadeira libertação do sofrimento, é possível.

Isso explica por que os textos sagrados budistas apresentam quatro tipos de nirvana: o nirvana natural, que se refere ao vazio; um nirvana "com resíduo", que geralmente diz respeito à continuidade da existência física do indivíduo; um nirvana sem resíduo; e finalmente um nirvana não-permanente. É com base no nirvana natural que todos os outros níveis de nirvana são possíveis.

O significado exato do nirvana com resíduo e sem resíduo é explicado de forma diferente pelas várias escolas do budismo. Algumas falam do resíduo como os agregados físicos do indivíduo, ao passo que outras se referem ao resíduo das percepções dualistas. O resíduo dos agregados físicos trata dos componentes físicos que o indivíduo adquiriu em conseqüência do carma anterior. No entanto, não vou entrar num exame detalhado desses agregados neste ponto.

Portanto, basicamente, podemos depreender do terceiro sinal que a natureza fundamental da realidade consiste em ser ela desprovida de existência inerente. Falta a todos os fenômenos que resultam de outros fatores a existência independente e inerente. Mesmo assim, nós os encaramos equivocadamente como fenômenos autônomos. Essa percepção equivocada está na raiz de grande parte da nossa confusão e também faz surgir emoções e pensamentos angustiantes. O *insight* da natureza da realidade demonstra serem as coisas desprovidas de existência inerente e atua como um antídoto específico para a falsa percepção bem como, conseqüentemente, para as aflições da mente. A total erradicação das emoções e pensamentos negativos, bem como das falsas percepções que lhes são subjacentes, é o que se quer dizer com nirvana.

O termo tibetano para nirvana é *nyang-de*, que se traduz literalmente por "além da mágoa". Nesse contexto, mágoa refere-se às aflições da mente; de modo que o nirvana realmente designa um estado de ser que está livre de emoções e pensamentos angustiantes. O nirvana é a imunidade ao sofrimento e às causas do sofrimento. Quando percebemos o nirvana nesses termos, começamos a nos dar conta do que a felicidade verdadeira e genuína realmente significa. Podemos então visualizar a possibilidade de nos livrarmos totalmente do sofrimento.

Logo, podemos encerrar, reiterando que a profunda percepção do vazio é o que nos permite dissipar e erradicar nossas emoções e pensamentos negativos, assim como as falsas percepções que os sustentam. É no vazio que todos esses poluentes são filtrados e purificados. A questão principal é, então, que uma compreensão budista do nirvana deve necessariamente ser baseada numa compreensão do vazio.

A questão de validação do caminho

Quando se examina o raciocínio que acabei de descrever, pode-se considerar que tudo soa bastante racional e parece fazer bastante sentido. Mas que provas nós temos que demonstrem serem esses argumentos válidos e sua lógica, provida de significado? Existe uma prova que possamos observar ou experimentar?

A respeito dessa questão, gostaria de recorrer a uma explicação que eu pessoalmente considero valiosa, e que faz parte da doutrina Sakya[2], na tradição *Lam dre* do Caminho e da Fruição. Segundo essa explicação, existem quatro fatores válidos do conhecimento, a saber, textos sagrados válidos, tratados ou comentários válidos, mestre válido e experiência válida.

Em termos da sua origem, naturalmente, os textos sagrados válidos foram ensinados primeiro; e os comentários

2. A escola Sakya é uma das quatro principais escolas do budismo tibetano.

válidos foram, mais tarde, elaborados a partir deles. Depois, com base no estudo, surgiram mestres válidos, que se tornaram luminares desses comentários. Isso fez com que passassem por experiências válidas. No entanto, da perspectiva do desenvolvimento da nossa própria convicção pessoal, sugere-se uma inversão dessa ordem. Em outras palavras, é preciso primeiro partir de algum tipo de experiência pessoal. Se tomarmos o exemplo da reflexão sobre os Quatro Sinais, sobre a natureza vazia dos fenômenos ou sobre as vantagens do altruísmo, a menos que tenhamos alguma prova ou experiência pessoal com o tema, ou seja, a menos que tenhamos algum vislumbre da verdade, é pouco provável que nos sintamos suficientemente inspirados para persistir na nossa prática.

Existem, naturalmente, muitos níveis e graus diferentes de experiência espiritual. Existem níveis profundos de compreensão, que eu por exemplo posso não ter, mas existe também um nível inicial que todos nós temos. No meu caso, sempre que reflito sobre as virtudes da compaixão e do altruísmo, sinto-me profundamente comovido. Mas como podemos saber que essas experiências são válidas? Uma forma consiste em examinar os efeitos que elas exercem sobre nós. Quando refletimos sobre certas qualidades espirituais e as cultivamos, e quando começamos a sentir uma profunda inspiração, isso gera uma sensação de força interior. Essa experiência nos torna mais corajosos, mais expansivos e menos suscetíveis à preocupação ou à insegurança. Todos esses aspectos são indicações da validade da nossa experiência.

Portanto, como mencionei anteriormente, refletir sobre certas qualidades espirituais costuma me comover profundamente; e essa profunda inspiração aumenta então minha admiração pelos mestres que personificam esses valores. Meditando dessa forma, começo a reconhecer que talvez haja alguma verdade nas biografias dos grandes mestres bem como em seus relatos de profunda realização espiritual. Temos sem dúvida de admitir que biografias e relatos circunstanciais costumam ser propensos ao exagero, em especial no caso de apresentações cheias de entusiasmo excessivo sobre as qualidades de um guru por parte dos seus discípulos. Não podemos, porém, repudiar toda uma categoria de literatura com base na alegação de não ser confiável. Esse não pode ser o caso – deve haver alguns relatos de mestres que estejam associados a experiências genuínas.

Com efeito, esse não é o único exemplo de exagero na literatura budista. Quando leio um comentário muito sofisticado escrito por um grande estudioso sobre um pequeno texto de um dos seus mestres, o comentário às vezes é tão detalhado e abrangente que começo a me perguntar se o autor do pequeno texto original tinha de fato todos aqueles pontos em mente!

Logo, quando a pessoa pode estabelecer uma relação com as experiências narradas nas biografias dos mestres a partir da perspectiva da sua própria experiência pessoal, ela começa a desenvolver uma profunda admiração pelos mestres válidos. A partir dessa experiência válida, ela passa para os mestres válidos; e, uma vez que respeite os mestres válidos, desenvolve uma convicção nos tratados que eles elaboraram, o que por sua vez ajuda a pessoa a nutrir uma profunda convicção na fonte essencial dos ensinamentos, ou seja, os textos sagrados do budismo. Eu por mim considero esse modo de abordar os ensinamentos muito útil: parte-se da experiência pessoal, o que constitui a pedra angular da prática espiritual.

Para um budista praticante, especialmente para um praticante maaiana, é vital ter uma profunda admiração pelo Buda; e essa admiração precisa estar fundamentada numa profunda compreensão da essência da sua doutrina, o darma. A compreensão do darma deveria em si ter por base a compreensão da inexistência do eu ou vazio que mencionei anteriormente. Captar o Buda meramente como personagem histórico, que foi um grande mestre, dotado de qualidades admiráveis e extraordinárias além de imensa compaixão, não é a perspectiva de um praticante sério. A apreciação do Buda por parte de um budista deveria apoiar-se no conhecimento do seu ensinamento mais profundo e crucial, que é o vazio. Essa pessoa deveria ter consciência de que a natureza de Buda, ou a iluminação completa, é a manifestação dos quatro *kayas* ou quatro "corpos de Buda"[3]. Esse princípio em si deveria ser com-

---

3. A palavra em sânscrito *kaya* significa "corpo" no sentido de um corpo ou manifestação de numerosas qualidades. Os quatro *kayas* são: Svabhavikakaya, o corpo de Buda da natureza iluminada; Jnanakaya, o corpo de Buda da perfeita sabedoria; Sambhogakaya, o corpo de Buda da perfeita capacidade; e Nirmanakaya, o corpo de Buda da perfeita emanação.

preendido em relação a outro ponto fundamental: o de que, no nível mais profundo, a mente e o corpo são não-duais. Portanto, o estado de plena iluminação deveria ser compreendido como a total não-dualidade da sabedoria e da compaixão.

Para resumir o que foi dito até agora, os Quatro Sinais ou axiomas dos ensinamentos budistas afirmam que o sofrimento que nenhum de nós deseja vivenciar resulta de emoções e pensamentos aflitivos, que por sua vez têm sua origem em concepções falsas. As quatro principais concepções falsas são considerar que as coisas são permanentes, acreditar que as coisas impermanentes trarão a felicidade, considerar que as coisas são desejáveis e acreditar que as coisas dispõem de existência independente. Essas concepções podem todas ser eliminadas; e isso é feito por meio do desenvolvimento do *insight* sobre a verdadeira natureza da realidade. À medida que se cultiva e se aprimora esse *insight*, as falsas concepções são aos poucos erradicadas, em companhia dos pensamentos e emoções que delas derivam. Esse processo exige disciplina. É através de um processo semelhante a esse que a transformação se realiza.

Em termos do método real para produzir uma transformação do coração e da mente, a tradição budista esclarece que o caminho dispõe de duas dimensões, que são conhecidas como "o aspecto do método" e "o aspecto da sabedoria". Seria possível dizer que o aspecto do método, que inclui as diversas habilidades empregadas no caminho, é uma fase preparatória. Ela permite que o praticantete subseqüentemente aplique a sabedoria ou *insight* que erradique de modo direto as aflições negativas.

PERGUNTAS

Pergunta: Com a agitação do estilo de vida urbano, às vezes é tentador que a pessoa se retire para ir meditar em algum lugar tranqüilo, deixando o mundo para trás. O senhor diria que é mais importante manter-se no estilo de vida normal ou ceder à tentação de fugir dele?

SSDL: Depende muito do indivíduo. Se a pessoa for um praticante muito avançado que se dedica plenamente a uma vida pura de meditação e retiro, naturalmente poderia haver casos em que o indivíduo devesse procurar uma vida de solidão e abandonar o mundo, por assim dizer. Isso se aplica à forma mais elevada de prática espiritual. No entanto, não é adequada a todos os praticantes. Na realidade, praticantes desse nível são raros.

Em geral, para praticantes como nós, é muito mais importante ser um membro efetivo da sociedade, alguém que faz uma contribuição social positiva e incorpora a prática espiritual tanto quanto possível à vida do dia-a-dia. É preciso simplesmente encontrar tempo pela manhã ou à noite para algumas práticas contemplativas, meditação, e assim por diante. Para a maioria de nós, essa é a melhor forma. Se não for assim, o que pode ocorrer é que as pessoas se afastem da sociedade e passem algum tempo sós, para mais tarde começar a perceber que na realidade isso é muito difícil. Então, lentamente e sem alarde, mas com algum constrangimento, elas tentam voltar de modo sorrateiro ao convívio social!

Pergunta: Que tipo de meditação Vossa Santidade sugeriria aos iniciantes?

SSDL: A reflexão sobre a impermanência; e, para quem tiver um conhecimento mais amplo, a reflexão sobre a natureza do sofrimento. A pessoa poderia também contemplar a natureza da cessação. Na realidade, contemplar as Quatro Nobres Verdades é o alicerce do darma do Buda. Portanto, comece sua reflexão desse modo em vez de se visualizar como uma divindade! Os mantras só mantêm seus lábios ocupados. Para um iniciante, creio haver uma certa limitação na prática de mantras. Um mestre de Amdo, no Tibete oriental, disse uma vez que, quando recitamos demais os mantras, enquanto os acompanhamos com as contas de oração, em vez de diminuirmos nossas emoções negativas, isso talvez sirva apenas para diminuir nossas unhas!

Pergunta: Vossa Santidade, fale por favor sobre a oração a partir de uma perspectiva budista. Se não existe divindade, para quem ou para o quê oramos?

SSDL: Costumamos apelar para seres superiores, como os budas, *bodhisattvas* e outros, que são mais poderosos que nós. Essa é a forma budista. No entanto, esses seres superiores não eram superiores desde o início. Em sua origem, eram pessoas como nós e então, através do treinamento da própria mente, acabaram tornando-se budas e *bodhisattvas*. É essa nossa compreensão.

Pergunta: Podemos associar a tradição tibetana de repetição de mantras e de várias visualizações à prática *vipasyana* – não na mesma sessão, misturando as duas, mas em partes diferentes do dia? Sinto que preciso das duas práticas. Isso é errado? O senhor pode nos dar sua opinião sobre como fazer isso?

SSDL: É claro que é perfeitamente possível associar as duas práticas. Mesmo do ponto de vista do caminho do budismo tibetano, a prática principal de fato consiste nas contemplações realizadas dentro da prática *vipasyana*. As práticas Vajrayana de recitar mantras e fazer visualizações são complementares a ela. Elas realçam a verdadeira prática, que é a contemplação.

Existe o perigo de as pessoas terem a impressão de que, para praticar o budismo da forma tibetana, são necessários todos os seus aspectos ritualísticos, como por exemplo o toque das longas trompas, do clarinete e dos pratos, entre outros, mas essa realmente não é a essência da prática. Com efeito, eu costumava dizer às pessoas, mesmo aos tibetanos, que talvez uma das maiores figuras exemplares da história do Tibete, cuja vida encarna a verdadeira prática do budismo tibetano, tenha sido o grande meditador Milarepa. No entanto, se alguém fizesse uma busca na sua caverna de meditação, tenho certeza de que não encontraria nenhuma trompa longa, nenhum prato, nenhum clarinete.

Diz-se que, quando o mestre indiano Atisha veio ao Tibete no século XI, uma grande delegação de lamas tibetanos veio ao seu encontro. Era uma enorme recepção, e ele os viu chegando de longe. Eram lamas de aparência impressionante, montados em cavalos profusamente ornamentados com toda sorte de sinos e apetrechos coloridos. E os próprios lamas estavam usando trajes impressionantes com chapéus vistosos. Alguns dos chapéus chegavam a ter a forma de uma cabeça de pássaro. Atisha ficou tão surpreso e chocado que exclamou, "Ah! Os fantasmas tibetanos estão vindo" e escondeu o rosto. Ele não queria olhar; achava que era uma alucinação. Os tibetanos entenderam a mensagem. Saltaram dos cavalos, despacharam os animais de volta e trocaram de roupa, usando simples túnicas monásticas. Quando então se aproximaram do mestre indiano, ele ficou feliz de encontrá-los.

Muitos tibetanos conhecem essa história, e nós costumamos recontá-la repetidamente. E no entanto, de algum modo, apesar disso, parece que acabamos nos envolvendo com uma quantidade de acessórios ritualísticos. Quando eu estava em Lhasa, é claro que usava trajes de caríssimo brocado de seda. Mas creio que, se prestarmos muita atenção a essas coisas, tanto os ensinamentos quanto os próprios rituais passarão a ser superficiais e acabarão perdendo seu significado.

Desde que nos tornamos refugiados, tivemos uma oportunidade muito boa para mudar essas coisas. Parei de usar todas aquelas roupas caras. A simples túnica de monge que uso é muito boa, fácil de lavar e muito confortável! O brocado é muito áspero ao toque, é de difícil lavagem e, especialmente no calor da Índia, fica sujo com muita facilidade! Portanto, as próprias circunstâncias tornaram impossível que eu usasse roupas tão sofisticadas, e eu considero isso uma felicidade! Se fôssemos inspecionar um daqueles trajes que os monges usam no Tibete, tenho certeza de que poderíamos quase afirmar que a sujeira acumulada na gola remontaria a várias gerações! Para mim, esse tipo de coisa é na verdade uma tolice. Repetimos o nome do Buda, mas, ao cumprir essas práticas, negligenciamos as instruções do Buda, e isso é muito triste.

Seguirmos uma religião ou não é uma questão de opção individual; mas, se quisermos seguir uma, deveremos levá-la a sério e praticá-la com toda a sinceridade. Isso é importante. Por isso, sinto que chegou a hora de os budistas reexaminarem alguns dos seus hábitos tradicionais. O mesmo vale para outras tradições religiosas. Uma vez que aceitemos uma religião, deveremos ser sérios e sinceros, pondo-a em prática no nosso dia-a-dia. Desse modo, ela terá algum valor. Se a fé religiosa for somente um costume, não será de grande utilidade.

Capítulo 2

A TRANSFORMAÇÃO ATRAVÉS DO ALTRUÍSMO

བློ་སྦྱོང་

As qualidades de bodhichitta, a intenção altruísta

As oito estrofes sobre a transformação da mente de autoria de Geshe Langri Thangpa (veja Apêndice I) são um ensinamento sobre a prática de *bodhichitta*, a intenção altruísta de atingir a plena iluminação em prol de todos os seres sencientes. Antes de analisarmos essas estrofes em detalhe, procuremos entender o que se quer dizer com o termo *bodhichitta*.

A definição de *bodhichitta* é apresentada em *Ornamento de conscientização* (*Abhisamayalamkara*), de Maitreya, texto no qual ele afirma que o altruísmo possui dois aspectos. O primeiro é a condição que produz a perspectiva altruísta, e essa envolve a compaixão que uma pessoa precisa desenvolver por todos os seres sencientes, bem como a aspiração que ele ou ela deve cultivar de propiciar o bem-estar a todos os seres sencientes. Isso leva ao segundo aspecto, que é o desejo de alcançar a iluminação. É com a intenção de beneficiar todos os seres que esse desejo deveria surgir em nós.

Poderíamos dizer que *bodhichitta* é o nível mais elevado do altruísmo e a mais alta forma de coragem; e também poderíamos dizer que *bodhichitta* é o resultado da mais alta atividade altruísta. Como o lama Tsongkhapa explica em sua *Grande descrição do caminho à iluminação* (*Lam rim chen mo*), a natureza de *bodhichitta* é tal que, enquanto nos dedicamos a realizar os desejos dos outros, a realização do nosso próprio interesse ocorre como um subproduto. Essa é uma forma sábia de beneficiar tanto a si mesmo quanto os outros. Na realidade, na minha opinião, *bodhichitta* é algo verdadeiramente maravilhoso. Quanto mais penso em ajudar os outros, e quanto mais forte se torna minha vontade de cuidar dos outros, maiores são os benefícios que me cabem. Isso é totalmente extraordinário.

Examinando um pouco mais as qualidades positivas de *bodhichitta*, descobrimos que esse é um dos meios mais eficazes para acumular mérito e aprimorar nosso potencial espiritual. Além disso, trata-se de um dos métodos mais poderosos para enfrentar tendências negativas e impulsos destrutivos. Como a superação das tendências negativas e o aprimoramento do potencial positivo são a própria essência do caminho espiritual, a prática de desenvolver o altruísmo é realmente a prática maior, mais eficaz e mais irresistível de todas.

Maitreya também declara numa das suas orações de enaltecimento que é essa mesma *bodhichitta* que pode nos liberar da transmigração para reinos inferiores da existência, que pode nos levar a reencarnações superiores e mais felizes e que pode até nos levar ao estado fora do alcance do envelhecimento e da morte. Maitreya está nesse texto sugerindo algo muito especial. Em geral, de acordo com os ensinamentos budistas, é a prática da moralidade e da conduta ética que nos protege da reencarnação nos reinos inferiores da existência. O que Maitreya está dizendo é que a prática de *bodhichitta* supera todas as práticas éticas e é, com efeito, um caminho muito superior. Da mesma forma, ele afirma que *bodhichitta* é um caminho superior quando se trata de plantar as sementes para atingir formas superiores de reencarnação.

Logo, em certo sentido, poderíamos dizer que a prática de gerar e cultivar a intenção altruísta é tão abrangente que contém os elementos essenciais de todas as outras práticas espirituais. Considerada isoladamente, ela pode portanto substituir a prática de muitas técnicas diferentes, já que todos os outros métodos são destilados e se unem em uma só abordagem. É por isso que consideramos que a prática de *bodhichitta* está na raiz da felicidade tanto temporária quanto duradoura.

Se examinarmos os preceitos adotados por um praticante de *bodhichitta*, veremos a tremenda coragem que sustenta essa prática. Em seu texto *Guirlanda preciosa* (*Ratnavali*), Nagarjuna escreve:

Que eu seja motivo de prazer
De acordo com a vontade de todos os seres sencientes
E sem interferência, como são a terra,
a água, o fogo, o vento, as ervas medicinais e as florestas.

Que eu seja caro aos seres sencientes
Como sua própria vida, e que eles me sejam caros.
Que seus pecados frutifiquem para mim
E todas as minhas virtudes para eles.[1]

Está claro que uma tremenda coragem se reflete nesses sentimentos. A coragem de um raciocínio altruísta tão vasto estende-se a todos os seres sem exceção, e não se confina a nenhuma época específica. Ela é totalmente sem limites. Numa estrofe do seu *Manual para o estilo de vida do Bodhisattva* (*Bodhicaryavatara*), Shantideva também manifesta essa enorme coragem, que transcende todas as fronteiras de espaço e tempo. Ele escreve:

---

1. *The Precious Garland and the Song of the Four Mindfulnesses*, Nagarjuna e o 7º Dalai-Lama (tradução de Jeffrey Hopkins), Wisdom of Tibet Series 2, George Allen & Unwin, Londres, 1975. Estrofes 483 e 484, p. 90.

Enquanto perdurar o espaço,
Enquanto persistirem os seres sencientes,
Que eu também possa permanecer
Para dissipar as desgraças do mundo.

Quando a intenção altruísta tem por base a profunda percepção do vazio, e especialmente a conscientização direta do vazio, diz-se que a pessoa alcançou as duas dimensões de *bodhichitta* que são conhecidas como *bodhichitta* convencional e *bodhichitta* máxima. Com essas duas práticas de compaixão e sabedoria, o/a praticante tem nas mãos o método completo para atingir o mais alto objetivo espiritual. Essa pessoa é verdadeiramente notável e digna de admiração.

Se conseguirmos cultivar essas qualidades espirituais dentro de nós mesmos, como Chandrakirti escreve em termos muito poéticos em seu *Entrada para o caminho do meio* (*Madhyamakavatara*), com uma asa de intenção altruísta e outra de profunda percepção do vazio, poderemos cruzar todo o espaço e alçar vôo para além do estado da existência até as plagas da natureza búdica de plena iluminação.

Embora eu tenha alguma experiência dessas duas dimensões de *bodhichitta*, sinto que minha conscientização delas é muito baixa. Mesmo assim, tenho verdadeiro desejo de praticar e entusiasmo pela atividade, e só isso já me dá uma inspiração imensa. Como mencionei em muitas ocasiões, acredito que todos nós somos fundamentalmente iguais, e que temos o mesmo potencial básico. Alguns de vocês, não tenho dúvida, têm um cérebro muito melhor do que o meu. Deveriam, portanto, fazer um esforço para contemplar, estudar e meditar, mas sem nenhuma expectativa míope. Deveriam ter a mesma atitude de Shantideva – de que, enquanto o espaço existir, vocês permanecerão para dissipar o sofrimento do mundo. Quando temos esse tipo de determinação, além de coragem para desenvolver nossa capacidade, um século, uma era, um milhão de anos não são nada. Além disso, vocês não irão considerar que os diferentes problemas humanos que enfrentamos aqui e ali sejam de modo algum insuperáveis. Uma atitude e uma visão dessas produzem algum tipo de verdadeira força interior. Talvez vocês imaginem que seja uma ilusão pensar desse modo; mas, mesmo que seja, não faz diferença – considero essa atitude valiosa!

Agora, a questão é como nos treinamos para desenvolver *bodhichitta*. Os dois aspectos de *bodhichitta* de que falamos anteriormente, a aspiração a ser de ajuda aos outros e a aspiração a atingir por nós mesmos a iluminação, têm de ser cultivados separadamente por meio de treinamentos distintos. A aspiração de ser de ajuda aos outros deve ser cultivada em primeiro lugar.

O desejo de proporcionar bem-estar aos outros pode, naturalmente, incluir a atividade de aliviar seus sofrimentos muito óbvios e sua dor física; mas não é isso o que queremos dizer neste contexto. Proporcionar o bem-estar aos outros significa realmente ajudá-los a atingir a libertação. Devemos, portanto, começar com uma compreensão do que queremos dizer com "libertação". Isso remonta diretamente ao que descrevi antes, ou seja, à compreensão do vazio, porque o nirvana, como definido pelos ensinamentos budistas, tem de ser entendido em termos do vazio. Logo, segundo o budismo, sem alguma compreensão do vazio não é realmente possível compreender o que é a verdadeira libertação; e sem essa compreensão, uma forte aspiração de atingir a libertação não surgirá.

A segunda aspiração, a de alcançar a plena iluminação, também está diretamente relacionada à nossa compreensão do vazio. A palavra tibetana para iluminação é *chang-chub*; e em sânscrito é *bodhi*. Um exame da etimologia das duas sílabas tibetanas revela que *chang* significa "purificação" ou "purificado", que se refere a uma qualidade do Buda de plena iluminação, indicativa de que todas as características negativas e todos os poluentes mentais foram superados. A segunda sílaba, *chub*, significa literalmente "ter percebido", que se refere à qualidade do Buda de ter consumado todo o conhecimento e toda a percepção. Portanto, a iluminação, como é expressa no termo tibetano *chang-chub*, sugere tanto a superação das nossas qualidades negativas quanto o aperfeiçoamento das nossas qualidades positivas. Isso está diretamente associado à nossa compreensão do vazio, pois ela pressupõe que percebamos ser possível eliminar os aspectos negativos da mente, e admite algum nível de compreensão de como isso possa ser feito, bem como de qual é a natureza da liberdade total.

O método do praticante inteligente

Expliquei anteriormente que os textos sagrados que delineiam a verdadeira prática para treinamento da mente apresentam dois aspectos principais do caminho, o aspecto do método e o aspecto da sabedoria. Em geral, no que diz respeito à apresentação e à compreensão do aspecto do método, não há diferenças substanciais entre as várias escolas budistas, embora possa haver diferenças na ênfase dada a práticas específicas. No entanto, na medida em que se trate do aspecto da sabedoria, existem diferenças reais entre as escolas e entre os vários textos sagrados.

Muitos textos sagrados são atribuídos ao Buda histórico, mas escolas budistas posteriores, especialmente a escola da Mente Única (Cittamatra) e a do Caminho do Meio (Madhyamaka), fazem uma distinção entre duas categorias de textos, mesmo dentro do *corpus* de textos que contêm a Palavra do Buda. Essas escolas afirmam existir textos que podem ser aceitos com seu significado literal e textos que não podem ser aceitos literalmente mas exigem maior interpretação. Com que base podemos determinar se um texto tem significado literal ou não-literal? Se tivéssemos de depender de outro texto para fazer essa distinção, isso apenas levantaria mais uma questão: com que base poderíamos aceitar o texto comprobatório literalmente? Isso levaria a uma regressão infinita. O que isso sugere é que, em última análise, só podemos confiar na nossa própria compreensão, experiência e raciocínio. Por conseguinte, no budismo, o raciocínio crítico é um elemento crucial para nossa compreensão dos textos sagrados. É para esclarecer esse ponto importante que se cita o que teria dito o próprio Buda:

> *Exatamente como as pessoas verificam a pureza do ouro queimando-o no fogo, cortando-o e o examinando numa pedra de toque, da mesma forma, ó monges, deveis aceitar minhas palavras depois de submetê-las a um exame crítico e não por reverência a mim.*

Isso sugere que existem duas formas principais de abordar os ensinamentos budistas, de acordo com a capacidade do praticante: a forma inteligente e a forma menos inteligente. A forma inteligente consiste em abordar os textos sagrados e os comentários com ceticismo e com a mente aberta, além de submeter o conteúdo desses ensinamentos a um exame, por meio da comparação com nossa própria experiência e compreensão. Então, à medida que vai crescendo nossa compreensão, também crescerá nossa convicção no conteúdo dos textos, assim como nossa admiração pelos ensinamentos do Buda como um todo. Uma pessoa com essa visão não seguirá um ensinamento ou um texto sagrado simplesmente por ser ele atribuído a um mestre famoso ou a alguém digno de respeito; mas a validade do conteúdo do texto será julgada com base na própria compreensão dessa pessoa, derivada de análise e investigação pessoal.

O princípio budista das Quatro Confianças aplica-se a essa abordagem inteligente. Elas se expressam como se segue:

Confie na mensagem do mestre, não na pessoa do mestre;
Confie no significado, não apenas nas palavras;
Confie no significado definitivo; não no provisório;
Confie na sua mente de sabedoria; não na sua mente normal.

Em outras palavras, não deveríamos confiar na fama, no *status* nem em nenhum outro atributo do mestre, mas, sim, no que ele diz. Não deveríamos confiar nas palavras em si, mas no seu significado. Não deveríamos confiar no significado provisório, mas no significado definitivo; e, finalmente, não deveríamos confiar na mera compreensão intelectual do significado, mas, sim, na profunda experiência e conscientização. Essa é a forma inteligente de enfocar os ensinamentos budistas.

Portanto, à medida que vocês se aproximam da próxima parte destes ensinamentos, sugiro que procurem reter a atitude de ceticismo aberto de que acabei de falar.

As duas aspirações altruístas

1 *A aspiração de alcançar a iluminação*

Como vimos, a forma mais elevada de prática espiritual é o cultivo da intenção altruísta de alcançar a iluminação, em prol de todos os seres sencientes, conhecida pelo termo *bodhichitta*. Esse é o estado mental mais precioso, a fonte suprema de benefício e bondade, aquele que realiza nossas aspirações imediatas tanto quanto as aspirações máximas, base para a atividade altruísta. No entanto, *bodhichitta* somente pode ser realizada através de um esforço habitual e planejado. Logo, para alcançar esse estado, precisamos cultivar a disciplina necessária para treinar e transformar nossa mente.

Como já analisamos, a transformação da mente e do coração não acontece da noite para o dia, mas através de um processo gradual. Embora seja verdade que em alguns casos experiências espirituais instantâneas sejam possíveis, elas são bastante precárias e às vezes de certo modo efêmeras. O problema é que, quando ocorrem experiências súbitas, como relâmpagos, o indivíduo pode se sentir profundamente comovido e inspirado; mas, se as experiências não estiverem amparadas na disciplina e no esforço contínuo, elas serão muito imprevisíveis, e seu impacto transformador bastante limitado. Por outro lado, uma transformação genuína que resulte de um esforço deliberado e persistente é duradoura por ter um sólido alicerce. É por isso que a transformação espiritual a longo prazo somente pode se efetuar através de um processo gradual de treinamento e disciplina.

Já vimos que a intenção altruísta é dotada da dupla aspiração de ajudar outros seres sencientes e de alcançar a iluminação para o bem deles. Examinamos primeiro a necessidade de ter uma compreensão básica daquilo que se quer dizer com o termo iluminação. Expliquei que a palavra tibetana para iluminação, *chang-chub*, é composta de duas sílabas, uma relacionada ao abandono do que for negativo e a outra relacionada à perfeição das qualidades positivas. Agora podemos ampliar nossa compreensão da iluminação por meio do estudo da apresentação feita por Maitreya em seu *Continuum sublime* (*Ratnagotravibhaga*). Ele afirma que todos os poluentes da mente são extrínsecos, querendo dizer com isso que eles podem ser isolados da natureza essencial da mente. Isso indica ser possível a capacidade de eliminar as aflições da mente e do coração, ou seja, emoções e pensamentos aflitivos. Maitreya sustenta, então, que, no que diz respeito às qualidades iluminadas do Buda, todos nós possuímos em nosso íntimo o potencial para a perfeição ou sua semente. Isso quer dizer que o potencial para a perfeição, o potencial para a iluminação plena, está de fato dentro de cada um de nós. Na realidade, esse potencial não é nada mais do que a natureza essencial da própria mente, que se diz ser a mera natureza da luminosidade e do saber. Através do processo gradual da prática espiritual, podemos eliminar os obstáculos que nos impedem de aperfeiçoar essa semente de iluminação. À medida que os superarmos, passo a passo, a qualidade inerente da nossa consciência começará a tornar-se cada vez mais manifesta até atingir o mais alto grau de perfeição, que não é nada menos do que a mente iluminada do Buda.

Segundo o budismo, existem dois tipos de poluentes extrínsecos. O primeiro consiste nas aflições manifestas da mente, que assumem a forma das nossas emoções e pensamentos negativos; ao passo que o segundo tipo é conhecido como os sutis obstáculos ao conhecimento. Tratase de marcas e tendências produzidas pela repetida ocorrência de emoções e pensamentos negativos em nós. Como já vimos que é possível erradicar emoções e pensamentos negativos, por extensão, subentende-se que também sejamos capazes de superar as tendências geradas pela sua repetição. Uma vez que reconheçamos a importância desse ponto, teremos uma noção do que significa a iluminação no sentido budista. Salientei no Capítulo 1 que uma adequada compreensão da natureza da iluminação total depende de uma boa compreensão do vazio.

Os ensinamentos de muitas das outras antigas tradições espirituais da Índia também contêm uma noção do nirvana, *moksa*, ou libertação espiritual. Parece também que algumas tradições identificam esses estados com um reino físico de existência. Porém, no que diz respeito à doutrina budista do nirvana, ele é um estado da mente, não uma realidade exterior.

Isso não quer dizer que não existam divergências de opinião entre as várias escolas budistas quanto ao significado preciso da libertação. Por exemplo, a escola Vaibhashika sustenta que o Buda Shakyamuni, o Buda histórico, era plenamente iluminado e tinha superado duas das quatro forças negativas, a saber: tanto as emoções e pensamentos aflitivos, quanto as poderosas forças do desejo e do apego. Ela considera, porém, que o Buda não teria superado as duas outras forças negativas – a força da morte e a força dos agregados da existência[2]. Os seguidores do Vai-

2. Os cinco *skandhas* (veja Capítulo 1, nota 1).

bhashika entendem, portanto, o nirvana final em termos da total cessação do indivíduo. Deduz-se que, quando o nirvana final é atingido, o ser individual deixa de existir.

Essa opinião não é aceita por muitas outras escolas budistas. Há, por exemplo, uma objeção muito conhecida, de autoria de Nagarjuna, que sustenta ser a conseqüência lógica da doutrina Vaibhashika a de que ninguém atinge o nirvana, porque o indivíduo deixa de existir quando alcança o nirvana. Portanto, esse posicionamento é absurdo. Como vimos anteriormente, a pessoa é simplesmente um nome dado à continuidade de agregados psicofísicos (o complexo mente-corpo); e, se esse complexo deixar de existir completamente, a pessoa também deixará de existir. No entanto, essa opinião não é aceita por outras escolas budistas.

Da mesma forma, existem muitos outros aspectos da doutrina Vaibhashika que são repudiados por outras escolas budistas. Na sua teoria do conhecimento, por exemplo, eles rejeitam a noção de dados sensoriais. Acreditam que as percepções sensoriais ocorrem em conseqüência da mera interação entre os órgãos dos sentidos e o objeto físico; e que não existe nenhum dado sensorial que atue como meio entre os dois. Uma das objeções levantadas contra essa teoria é que ela deixa implícito que, para que ocorra qualquer percepção nítida de um objeto, o objeto em pauta deve estar presente em termos físicos; e, no entanto, sabemos que nem sempre esse é o caso. A partir da experiência pessoal, sabemos que às vezes podemos ter uma lembrança muito nítida de um objeto, como se ele estivesse realmente ali diante de nós, e que, no entanto, essa percepção deriva do poder da memória.

E mais, a compreensão Vaibhashika da natureza da consciência no momento da morte é muito mais primitiva que a das outras escolas. Os seguidores dessa escola acreditam que o estado da mente no instante da morte pode ser virtuoso, não-virtuoso ou neutro, mas outras escolas budistas sustentam que o estado da mente no momento exato da morte é sempre neutro, por ser esse estado muito sutil. Esses são apenas alguns exemplos de como as idéias da escola Vaibhashika podem parecer crédulas em comparação com a compreensão muito mais refinada de outras escolas budistas.

Outras escolas sustentam que, quando começamos a purificar os estados negativos da mente e do corpo através da prática espiritual, quando superamos emoções e pensamentos negativos bem como as propensões que deles resultam, e quando afinal as eliminamos totalmente, estamos também aperfeiçoando nossos agregados psicofísicos. Logo, elas aceitam que, à medida que os poluentes da mente deixem de existir, suas manifestações e marcas – a mente e o corpo impuros – podem também parar de existir. Mas isso não significa que o próprio *continuum* do indivíduo chegue ao fim. Existe um nível sutil de existência que é isento de muitos desses poluentes manifestos.

O que quero salientar aqui é que há muito debate sobre a exata natureza da iluminação. Em sua essência, a partir da perspectiva budista, a natureza da verdadeira libertação e liberdade espiritual tem de ser compreendida como uma qualidade da mente, uma libertação dos aspectos negativos e dos poluentes da mente.

De acordo com Chandrakirti, famoso mestre indiano da escola do Caminho do Meio, a libertação ou a verdadeira cessação é a verdade máxima. Seu ponto principal é que a verdadeira cessação somente pode surgir com base na compreensão da natureza essencial da realidade, ou seja, o vazio. Portanto, aqui temos uma compreensão mais refinada do nirvana, como algo que deriva de uma sólida compreensão do vazio. Segundo essa visão, é a profunda percepção da natureza essencial da realidade que nos permite eliminar os poluentes da mente. E mais, é nossa ignorância dessa natureza essencial da realidade que se situa na raiz de todos os obscurecimentos, confusões e ilusões. Finalmente, é o vazio da mente no seu estado aperfeiçoado que é a verdadeira libertação. Logo, a base para a verdadeira libertação é o vazio; o conhecimento através do qual eliminamos nossos obscurecimentos é o do vazio; e o estágio final e aperfeiçoado no qual atingimos a libertação é o vazio da mente.

Quando dizemos que é a natureza essencial da mente que é a libertação, não estamos falando da natureza essencial da mente em geral, mas especificamente do estágio em que o indivíduo superou todos os poluentes e aspectos negativos da mente. Logo, a verdadeira cessação tem duas dimensões: uma é a total isenção de poluentes mentais e a outra é a total negação da existência inerente. Podemos ilustrar esse ponto com a primeira estrofe de *Sabedoria fun-*

damental do Caminho do Meio[3] (*Mulamadhyamakakarika*) de Nagarjuna:

> *Eu me prostro diante do Buda Perfeito*
> *O melhor dos mestres, que ensinou que*
> *Tudo o que surge de modo dependente*
> *Não tem fim, não tem início,*
> *É inaniquilado, não é permanente,*
> *Não chega, nem vai,*
> *Não se distingue, não tem identidade,*
> *E está isento da explicação conceitual.*

Nagarjuna presta homenagem ao Buda, dizendo que o Buda ensinou o princípio da origem dependente e do vazio. Ele descreve a cessação em termos da total pacificação de todas as elaborações conceituais. É quando todas as elaborações conceituais tiverem sido apaziguadas que ocorre a verdadeira cessação.

2 O trabalho pelo bem-estar alheio

A outra aspiração da intenção altruísta (*bodhichitta*) é o desejo de proporcionar bem-estar a outros seres sencientes. O bem-estar, no sentido budista, significa ajudar os outros a livrar-se totalmente do sofrimento; e a expressão "outros seres sencientes" refere-se ao número infinito de seres no universo. Essa aspiração é com efeito o ele-

3. *The Fundamental Wisdom of the Middle Way*, tradução de Jay L. Garfield, Oxford University Press, 1995, p. 2.

mento crucial da primeira, ou seja, a intenção de alcançar a iluminação em prol de todos os seres sencientes. Ela se alicerça na verdadeira compaixão por todos os seres sencientes, com igualdade. A compaixão nesse sentido representa o desejo de que todos os outros seres também se livrem do sofrimento. Por isso, diz-se que ela se encontra na raiz de toda a atividade altruísta e da intenção altruísta por inteiro.

Precisamos cultivar uma compaixão que tenha força suficiente para fazer com que sintamos o compromisso de propiciar o bem-estar alheio, de modo que realmente estejamos dispostos a aceitar a responsabilidade de fazer com que isso aconteça. No budismo, esse tipo de compaixão é chamado de "grande compaixão". Esse ponto é repetidamente realçado na literatura maaiana, o fato de ser a grande compaixão o alicerce de todas as qualidades positivas, a raiz de todo o caminho maaiana e o cerne de *bodhichitta*. Por exemplo, Maitreya afirma em seu *Ornamento de sutras* (*Mahayanasutralamkara*) que a compaixão é a raiz de *bodhichitta*. Da mesma forma, Chandrakirti diz em seu texto *Entrada do Caminho do Meio* (*Madhyamakavatara*) que a compaixão é uma qualidade espiritual tão soberana que mantém sua pertinência em todas as épocas: ela é vital no estágio inicial do caminho espiritual; tem importância semelhante enquanto estamos no caminho; e é igualmente oportuna quando o indivíduo se tornou plenamente iluminado.

O ponto que estou tentando provar é que, se examinarmos qualquer texto maaiana, descobriremos que a compaixão não só é enaltecida, mas que os autores também salientam repetidas vezes sua importância no sentido de que ela de fato está na raiz de toda iniciativa espiritual. Para citar mais um exemplo, na estrofe inicial da saudação do seu *Compêndio de cognição válida* (*Pramanasamuccaya*), Dignaga argumenta que o Buda pode ser considerado um mestre espiritual válido por ser a encarnação da compaixão, e por ter aperfeiçoado seu desenvolvimento. Ora, na realidade, Dignaga usa a perfeição da compaixão como base para afirmar que o Buda é um mestre espiritual válido. Naturalmente, não basta ter apenas uma grande compaixão para ser um mestre autêntico e verdadeiro. Por isso, Dignaga diz ainda que o Buda também tem uma conscientização direta do vazio e superou completamente todos os obstáculos.

Em termos gerais, como já mencionei, a compaixão é o desejo de que os outros se livrem do sofrimento; mas, se a examinarmos mais de perto, veremos que ela tem dois níveis. Num caso, ela pode existir simplesmente no nível do desejo – o simples desejo de que o outro se livre do sofrimento – mas ela pode também existir num nível superior, em que a emoção supere o mero desejo e inclua também a dimensão de realmente querer fazer algo a respeito do sofrimento alheio. Nesse caso, um sentido de responsabilidade e de compromisso pessoal permeia o pensamento e a emoção do altruísmo.

Qualquer que seja o nível de compaixão que tenhamos, para que o desenvolvimento de *bodhichitta* tenha sucesso, ele precisa associar-se ao fator complementar da sabedoria e do *insight*. Se nos faltarem a sabedoria e o *insight*, quando depararmos com o sofrimento do outro, a verdadeira compaixão pode surgir em nós espontaneamente, mas, tendo em vista serem nossos recursos limitados, pode ser que sejamos apenas capazes de expressar um desejo: "Que ele ou ela se livre dessa dor ou sofrimento." No entanto, com o tempo, esse tipo de sentimento pode levar a uma impressão de impotência porque percebemos que no fundo não conseguimos fazer nada para mudar a situação. Por outro lado, se nos munirmos de sabedoria e *insight*, teremos uma reserva muito maior à qual recorrer; e, quanto mais concentrarmos a atenção no objeto de compaixão, maior será a intensidade da nossa compaixão, e cada vez mais ela crescerá.

Por causa do modo pelo qual a sabedoria e o *insight* afetam o desenvolvimento da compaixão, a literatura budista identifica três tipos diferentes de compaixão. Primeiro, no estágio inicial, a compaixão é simplesmente o desejo de ver outros seres sencientes livres do sofrimento: ela não é reforçada por nenhum *insight* específico que se aprofunde na natureza do sofrimento ou na natureza do ser senciente. Em seguida, no segundo estágio, a compaixão não é simplesmente o desejo de ver o outro livre do sofrimento: ela é reforçada pelo *insight* da natureza efêmera da existência, como por exemplo a conscientização de que o ser que é objeto da nossa compaixão não tem existência permanente. Quando o *insight* complementa nossa compaixão, ele lhe confere um poder maior. Finalmente, no terceiro estágio, a compaixão é descrita como "compaixão não-objetificante". Ela pode ser direcionada para o mesmo ser sofredor, mas agora será reforçada pela plena consciência da natureza essencial daquele ser. Essa é uma compaixão muito poderosa porque nos permite lidar com a outra pessoa sem torná-la um objeto, e sem nos apegarmos à idéia de que ele/ela disponha de qualquer realidade absoluta.

Como a compaixão é o desejo de que os outros se livrem do sofrimento, ela exige acima de tudo a capacidade de nos sentirmos ligados aos outros seres. Sabemos, por experiência, que quanto mais próximos nos sentimos de uma pessoa ou animal, maior nossa capacidade de sentir empatia por esse ser. Conclui-se, portanto, que um importante elemento na prática espiritual de desenvolver a compaixão é a capacidade de sentir empatia e ligação, bem como uma sensação de intimidade com os outros. O budismo descreve essa atitude como um envolvimento com o objeto da compaixão. Ela também é chamada de amor solidário. Quanto mais próximos nos sentirmos de outro ser, mais poderosa será nossa sensação de que presenciar seu sofrimento é insuportável.

Existem no budismo dois métodos principais para cultivar essa sensação de proximidade ou envolvimento. Um é o método conhecido como "intercâmbio e equiparação do eu com os outros". Embora tenha origem em Nagarjuna, ele foi desenvolvido mais extensamente por Shantideva em seu *Manual para o estilo de vida do Bodhisattva*

(*Bodhicaryavatara*). A outra técnica é conhecida como "o método de sete pontos de causa e efeito". Ele salienta o cultivo de uma atitude que permita que nos relacionemos com todos os outros seres como nos relacionaríamos com alguém muito querido. O exemplo tradicional é que deveríamos considerar todos os seres sencientes como nossa mãe, mas alguns textos também incluem considerá-los como nosso pai, nossos caros amigos, parentes próximos, e assim por diante. Nossa mãe é simplesmente usada como exemplo, mas a questão central é que deveríamos aprender a encarar todos os seres sencientes como muito caros e próximos ao nosso coração.

Para alguns, parece ser mais eficaz o método de sete pontos de causa e efeito; e, para outros, a técnica de intercâmbio e equiparação do eu com os outros, dependendo da mentalidade e das propensões do indivíduo. Contudo, dentro da tradição tibetana, o costume tem sido combinar de fato os dois métodos de tal modo que possamos aproveitar as vantagens da prática das duas abordagens. Por exemplo, embora o principal enfoque em *As oito estrofes para a transformação da mente* seja o do intercâmbio e da equiparação do eu com os outros, o texto refere-se a todos os seres sencientes como "nossas mães", numa indicação de que também incorpora o método de sete pontos de causa e efeito.

Método de sete pontos de causa e efeito

Antes de podermos aplicar o método de sete pontos de causa e efeito[4] a nós mesmos, precisamos cultivar um sentido de equanimidade para com todos os seres sencientes, que se expressa através da capacidade de nos relacionarmos com todos os outros de modo igual. Para isso, precisamos lidar com o problema de ter emoções e pensamentos instáveis. Não só deveríamos tentar superar emoções extremas e negativas, como a raiva e o ódio, mas também, nessa prática espiritual específica, deveríamos tentar trabalhar o apego que sentimos pelos entes queridos.

Ora, naturalmente, nesse apego aos entes queridos, existe uma noção de proximidade e envolvimento, além de um elemento de amor, compaixão e afeto, mas com freqüência essas emoções também têm um toque de um forte sentimento de desejo. O motivo para isso é óbvio porque, quando nos relacionamos com pessoas pelas quais sentimos profundo apego, nossos sentimentos são altamente suscetíveis a extremos emocionais. Quando uma dessas pessoas age de modo contrário às nossas expectativas, por exemplo, esse ato tem um potencial muito maior de nos ferir do que

4. Os sete pontos desse método são os seguintes: reconhecer que todos os seres sencientes foram nossa mãe numa vida passada; refletir sobre a bondade de todos os seres; meditar sobre como retribuir sua bondade; meditar sobre o amor; meditar sobre a compaixão; gerar a extraordinária atitude da responsabilidade universal; e o verdadeiro desenvolvimento de *bodhichitta*.

o mesmo ato cometido por alguém com quem não estivéssemos tão envolvidos. Isso indica que, no afeto que sentimos, existe um alto grau de apego. Logo, nessa prática espiritual específica, tentamos abrandar o apego que temos por certas pessoas, para que nossa noção de envolvimento com elas seja autêntica e não afetada pelo desejo.

O ponto principal nessa prática preliminar da equanimidade consiste em superar os sentimentos de parcialidade e discriminação que normalmente sentimos pelos outros, com base na instabilidade das emoções e pensamentos associados à proximidade e ao distanciamento. Com efeito, parece ser real que o apego restringe nossa visão, de modo que não conseguimos ver as coisas de uma perspectiva mais ampla.

Estive recentemente num seminário sobre ciência e religião na Argentina, e um dos cientistas participantes transmitiu uma idéia que considero muito verdadeira. Seu nome é Mathurena, e ele é o mentor do neurobiólogo Francisco Varela, que conheço há muito tempo. Ele declarou ser muito importante que os cientistas pesquisadores adotassem o princípio metodológico de não se apegarem emocionalmente ao seu campo de investigação. Isso porque o apego tem o efeito negativo de nublar e estreitar nossa visão. Concordo plenamente. É por isso que, através da prática da equanimidade, tentamos superar esses sentimentos de parcialidade para podermos lidar com tudo e nos relacionar com todos de modo imparcial.

A propósito, gostaria de dizer também o quanto aprecio a ênfase geral dada à objetividade no mundo ocidental, pelo menos no campo intelectual. No entanto, também detecto uma grande contradição sob esse aspecto, porque, quando converso com pessoas de várias formações profissionais, especialmente no Ocidente, elas parecem ter um imenso apego à própria profissão. Seria possível dizer que muitas pessoas parecem ter feito um enorme investimento pessoal na sua profissão. Identificam-se com ela a tal ponto que têm a sensação de que a profissão é tão vital para o bem-estar do mundo que, se ela decaísse, o mundo inteiro seria prejudicado. Isso me sugere que o nível de apego é exagerado. Tsongkhapa, o grande mestre tibetano, disse uma vez que algumas pessoas têm uma tendência a apanhar um grão de arroz e, com base numa observação desse grão, concluem que todos os grãos no universo inteiro são exatamente iguais. Do mesmo modo, alguns profissionais parecem ter esse tipo de apego extremo à sua perspectiva estreita. Portanto, parece haver uma contradição entre esses dois aspectos da mentalidade ocidental.

Quando praticamos o desenvolvimento da equanimidade, às vezes é útil recorrer a visualizações. Por exemplo, podemos imaginar três indivíduos diferentes à nossa frente: alguém que nos seja muito próximo, alguém que consideremos um inimigo e de quem não gostemos, e alguém que nos seja totalmente neutro, por quem sintamos indiferença. Deixemos então que nossos pensamentos e emoções naturais se manifestem com relação a esses três indivíduos. Uma vez que consigamos que nossos sentimentos naturais se manifestem, perceberemos que diante do ente querido sentimos um envolvimento e também um grande apego; diante da pessoa de quem não gostamos podemos sentir hostilidade e distanciamento; e diante do indivíduo que é neutro praticamente não sentimos nenhuma emoção.

A essa altura, procuremos seguir este raciocínio. "Por que sinto essas emoções diferentes por esses três indivíduos? Por que sinto tanto apego pelos entes queridos?" Podemos começar a entender que existem certos motivos para nosso apego: a pessoa nos é cara por ter feito isso e aquilo, e assim por diante. No entanto, se então nos perguntarmos se essas características são permanentes e se a pessoa será sempre assim, talvez tenhamos de admitir que esse não é necessariamente o caso. Alguém pode ser um amigo hoje mas passar a inimigo amanhã. Isso é ainda mais verdadeiro na perspectiva budista, já que levamos muitas vidas em consideração. Alguém que nos seja muito próximo nesta vida pode ter sido um inimigo em outra. Desse ponto de vista, não há motivos reais para sentir um apego tão forte.

Da mesma forma, voltemos nossa atenção para a pessoa de quem não gostamos e nos perguntemos: "Com base em quê, eu sinto emoções tão negativas por essa pessoa?" Mais uma vez, pode ser porque ele ou ela agiu de algum modo. Perguntemo-nos então se é provável que essa pessoa continue sendo nossa inimiga por toda a vida. E então, se levarmos em conta a questão de muitas vidas, perceberemos que o indivíduo pode nos ter sido muito próximo numa vida passada. Logo, sua condição de nosso inimigo é meramente temporária. Começamos a perceber que não existem motivos justificáveis para sentir tanta raiva e ódio dessa pessoa.

Para finalizar, consideremos o indivíduo do meio, aquele que nos é totalmente indiferente. Se levantarmos o mesmo tipo de pergunta, perceberemos que a pessoa pode ter pouquíssima relação com nossa vida atual, mas pode ter sido importante em outras vidas no passado. E que mesmo nesta vida, ela pode vir a tornar-se importante para nós em algum momento no futuro. Portanto, esse tipo de visualização ajuda a nivelar a extrema flutuação das emoções que sentimos pelos outros, e a estabelecer uma base firme sobre a qual possamos construir um sentido mais equilibrado de envolvimento.

Gyaltsap Rinpoche criou uma analogia maravilhosa para explicar esse ponto. Ele compara a equanimidade ao solo fértil de um terreno plano. Uma vez que se tenha arado e nivelado um campo fértil, irriga-se o solo com a umidade do amor e então planta-se a semente da compaixão. Se a tratarmos com constância, o pequeno broto de *bodhichitta*, a intenção altruísta, crescerá naturalmente. Para mim, essa é uma linda metáfora.

Se acompanharmos esse raciocínio e questionarmos nossas emoções de diversos ângulos, chegaremos à conclusão de que as emoções extremas que temos a tendência a sentir pelos outros, assim como os comportamentos gerados por essas emoções, talvez não sejam sábias.

Pensar nos outros como entes queridos

Tendo desenvolvido a equanimidade, podemos começar a primeira etapa da prática de sete pontos, que é cultivar a atitude de pensar em todos como se nos fossem tão queridos quanto nossa mãe, nosso pai ou amigo. Nesse caso, naturalmente, os ensinamentos levam em conta a idéia de uma infinidade de vidas passadas, de modo que podemos considerar que todos os seres sencientes tenham sido nossa mãe, nosso pai ou amigo em alguma ocasião. É assim que tentamos nos relacionar com os outros e desenvolver um autêntico sentido de ligação.

A razão pela qual esta prática é considerada tão importante é que, na natureza, são preponderantemente as mães que desempenham o papel mais crítico na nutrição, proteção e criação da prole. Em algumas espécies animais, a mãe e o pai permanecem juntos para cuidar dos filhotes, mas na maioria dos casos é somente a mãe. Existem, é claro, exceções. Em algumas espécies de pássaros, a mãe praticamente não participa da construção do ninho. É o macho que se esforça para construí-lo enquanto a fêmea só vigia e inspeciona o resultado! Parece, portanto, perfeitamente justo que o macho assuma uma responsabilidade maior no processo da criação dos filhotes. No entanto, esses casos são raros.

As borboletas fornecem mais um exemplo interessante. A borboleta põe os ovos, e não há nenhuma possibilidade de que ela um dia venha a conhecer sua prole quando as larvas nascerem. No entanto, apesar disso, ela se certifica de que os ovos sejam postos em local muito seguro, com uma fonte de alimento, proteção natural, e assim por diante. Não podemos dizer que esses animais disponham de compaixão no sentido que a entendemos; mas, por qualquer razão que seja, quer se trate de uma questão de biologia, de processos químicos, quer de compaixão, persiste o fato de que as mães se esforçam ao máximo para garantir a segurança e o bem-estar dos filhotes.

É por esses motivos que os textos tradicionais indianos e tibetanos identificam as mães como exemplo de como deveríamos nos relacionar com outros seres. Na realidade, o idioma tibetano cunhou um termo especial para "seres-sencientes-velha-mãe-querida", e a expressão se enraizou tanto na psique das pessoas que adquiriu um tom poético. Atualmente, sempre que se levantam questões de discriminação sexual no contexto da cultura tibetana, eu respondo que, para mim, toda a idéia de seres sencientes como mãe, bem como a expressão tibetana que acompanha a idéia, é um bom exemplo de como a maternidade era valorizada na cultura budista. A expressão para "seres-sencientes-velha-mãe-querida" – *ma gen sem chen tam che* – tem uma ressonância fortemente poética e bastante sentimental, ao passo que, se tentarmos criar uma expressão semelhante com o correspondente masculino, *pa gen sem chen tam che*, ela não parece certa de modo algum. Na realidade, "velho-pai-querido" em tibetano tem a conotação pejorativa de alguém que é bastante malicioso e irresponsável!

Na literatura tradicional, compreende-se que esse profundo reconhecimento de todos os seres sencientes como sendo semelhantes à nossa mãe está baseado na noção de vidas sucessivas. Portanto, toda a questão da reencarnação e de vidas passadas entra em jogo neste ponto. Os ensinamentos budistas salientam a necessidade de compreender a possibilidade da reencarnação a partir da compreensão da natureza da consciência. Afirma-se, como vimos anteriormente, que a consciência é um fenômeno que deriva exclusivamente de um momento prévio de consciência. A matéria não pode se tornar consciência. Quanto à ligação entre a mente e a matéria em geral, uma pode contribuir para a causação da outra; mas, em termos de um *continuum* individual, a consciência tem de ser causada por um momento precedente de consciência.

Atualmente, todos falam sobre a consciência e a mente, pensamentos e emoções, e assim por diante, mas no budismo a consciência é especificamente definida como "aquilo que é da natureza da mera luminosidade e conhecimento". É a faculdade do conhecimento e da percepção fundamental. Não há mal nenhum em falar sobre esses assuntos em termos gerais, mas eu pessoalmente sinto que uma real compreensão do que queremos dizer com o termo "consciência" só pode advir da experiência. Para mim, o debate intelectual ou a descrição verbal não podem por si transmitir o significado de consciência. Na minha opinião, uma compreensão empírica da consciência ou da mente é inestimável.

Na tradição tibetana, temos técnicas diferentes para nos auxiliar no desenvolvimento de uma compreensão empírica do que se quer dizer com o termo "consciência" ou "percepção". A tradição Dzogchen, por exemplo, tem uma prática de observar a natureza da mente, na qual se começa com uma sensação de assombro, permite-se, então, que os pensamentos surjam e, nesse estado neutro, observa-se a atividade da mente. Do mesmo modo, na tradição Sakya da União de Profundidade e Clareza, observa-se a natureza da mente permitindo-se que a mente permaneça em seu estado natural espontâneo e acompanha-se então sua atividade. Nas tradições Geluk e Kagyu, também, existem práticas de Mahamudra (o Grande Sinal) para identificar o que significa o termo "mente". Se a pessoa se dedicar a essas práticas e se, em conseqüência delas, obtiver alguma noção empírica do que se quer dizer com o termo "percepção", quando ela tentar compreender o incomensurável *continuum* da consciência, ele fará algum sentido. Do contrário, a mera afirmação de que cada ocorrência de percepção deve ser precedida de outra ocorrência de percepção não poderá ser muito convincente. A pessoa precisa de experiência pessoal para avaliar seu significado.

Reflexão sobre a bondade de todos os seres

O segundo elemento do método de sete pontos de causa e efeito é a reflexão sobre a bondade de todos os seres. Na meditação, enfocamos a bondade dos outros, especialmente no contexto de terem eles sido nossa mãe nesta ou em outras vidas, e isso conduz naturalmente ao pensamento: "Preciso retribuir essa bondade. Preciso reconhecer a profunda bondade que me demonstraram." Esses sentimentos brotarão espontaneamente em alguém que seja honrado, ético e o que poderíamos chamar de "civilizado".

Uma vez que reconheçamos todos os outros seres como nossas mães bondosas e queridas, naturalmente passaremos a nos sentir próximos a eles. A partir dessa base, deveríamos cultivar o amor ou amor solidário, que se define tradicionalmente como o desejo de ver os outros felizes, e em seguida também a compaixão, que é o desejo de que os outros se livrem do sofrimento. O amor e a compaixão são dois lados da mesma moeda.

O intercâmbio e a equiparação do eu com os outros

Examinaremos agora o outro método para transformar a mente, que são o intercâmbio e a equiparação do eu com os outros. Nesse caso, também, a primeira etapa é o cultivo da equanimidade, embora o significado de equanimidade neste contexto seja diferente daquele que abordamos anteriormente. Aqui, entende-se a equanimidade como a igualdade fundamental entre todos os seres, no sentido de que exatamente como nós temos o desejo espontâneo de alcançar a felicidade e superar o sofrimento, também cada outro ser tem esse mesmo desejo, com igual intensidade.

Agora tentaremos sondar mais fundo para entender o que essa aspiração de ver-se livre do sofrimento pressupõe. Ela não surge a partir de uma sensação de convencimento ou de presunção. Essas considerações simplesmente não desempenham aqui nenhum papel. Essa aspiração básica surge em nós meramente em virtude do fato de sermos seres vivos conscientes. Aliada a essa aspiração chega uma convicção de que eu, enquanto indivíduo, tenho um legítimo direito a realizar minha aspiração. Se aceitarmos isso, poderemos associar o mesmo princípio aos outros, e perceberemos que todos os outros seres compartilham também dessa aspiração. Logo, se eu, enquanto indivíduo, tenho o direito de realizar minha aspiração, os outros também têm igual direito de realizar a deles. É por esse motivo que temos de reconhecer a igualdade fundamental de todos os seres.

Dentro da prática da equiparação e intercâmbio do eu com os outros, essa é a etapa da equiparação, na qual desenvolvemos a compreensão de que nós e os outros somos essencialmente iguais. A etapa seguinte envolve uma reflexão sobre as desvantagens de pensamentos excessivamente voltados para o eu e de suas conseqüências negativas, bem como uma reflexão sobre os méritos de desenvolver pensamentos que propiciem o bem-estar dos outros.

Como fazer isso? Começamos por nos comparar com os outros. Já admitimos a existência de uma igualdade fundamental entre nós mesmos e os outros em termos das nossas respectivas aspirações de alcançar a felicidade e superar o sofrimento; e também reconhecemos que todos os seres, nós mesmos inclusive, têm um direito igual a realizar essa aspiração. Por mais importante que uma pessoa possa ser como indivíduo, e por menos importantes que os outros possam ser, num sentido material, no que diz respeito ao fato básico de desejar ser feliz e superar o sofrimento, existe total igualdade. Portanto, qual é a diferença entre nós? A diferença é na realidade uma questão de números. Por mais importante que um indivíduo seja, o interesse desse indivíduo é o interesse de apenas um ser, ao passo que o interesse dos outros é o interesse de uma quantidade infinita de seres.

A questão é saber qual interesse é mais importante. Do ponto de vista simplesmente numérico, se quisermos ser justos, teremos de aceitar que o interesse dos outros é mais importante do que o nosso próprio. Mesmo no mundo material, sabemos que aos assuntos que afetam a vida de muitas pessoas geralmente se atribui uma importância maior do que àqueles que afetam um número menor de pessoas ou apenas um indivíduo. Portanto, em termos lógicos, é preciso aceitar que o bem-estar dos outros é mais importante do que o nosso próprio. Para ser totalmente racionais ou objetivos, poderíamos dizer que sacrificar o interesse de muitos para beneficiar uma pessoa é um ato tolo e imprudente, enquanto sacrificar o interesse de um indivíduo em prol de um número infinito de outros seres é mais racional, caso uma opção semelhante seja necessária.

Ora, poderíamos pensar que tudo isso parece muito bom, mas que no frigir dos ovos eu sou "eu" e os outros são "os outros". Se o eu e os outros são totalmente independentes entre si, e se não existe absolutamente nenhuma ligação entre eles, talvez seja melhor ignorar o bem-estar dos outros e buscar simplesmente satisfazer nosso próprio interesse. No entanto, não é esse o caso. O eu e os outros não são realmente independentes. Na verdade, seus respectivos interesses encontram-se entrelaçados.

Do ponto de vista budista, mesmo quando não estamos iluminados, nossa vida está tão entrelaçada com a dos outros que no fundo é impossível extrair nosso eu como um único indivíduo isolado. Da mesma forma, quando seguimos um caminho espiritual, muitas percepções espirituais dependem da nossa interação com os outros. Portanto, também aí os outros são indispensáveis. Mesmo quando atingimos o mais alto grau de iluminação, nossas atividades iluminadas são para o bem dos outros. Com efeito, a atividade iluminada brota espontaneamente em decorrência do fato de os outros seres existirem. Portanto, os outros são indispensáveis até mesmo nesse estágio. Nossa vida e a vida dos outros estão tão entretecidas que a idéia de um eu que seja totalmente distinto e independente dos outros realmente não faz nenhum sentido.

Embora essa seja a realidade, ela não se reflete no nosso comportamento. Até agora, a despeito da realidade, nutrimos em nosso íntimo todo um conjunto de pensamentos de valorização do eu. Acreditamos em algo que estimamos muito e que consideramos precioso, algo que é como o cerne do nosso ser; e isso se faz acompanhar de uma poderosa crença na nossa existência como um ser individual, provido de uma realidade independente. Crer que exista um eu substancialmente real e acalentar nosso próprio interesse em detrimento dos outros são os dois principais pensamentos e emoções que estivemos abrigando em nós mesmos ao longo de muitas vidas. Mas qual é o resultado disso? Que benefício essa atitude proporciona? Estamos em constante sofrimento, estamos sempre vivenciando emoções e pensamentos negativos, de modo que nosso empenho por satisfazer o eu no fundo não nos adiantou muito. Além disso, se mudarmos o foco de nós mesmos para os outros e para o mundo lá fora, se voltarmos nossa atenção para todas as crises no mundo, todas as dificuldades, sofrimentos, e assim por diante, veremos que muitos desses problemas são conseqüências diretas ou indiretas de estados negativos da mente indisciplinada. E de onde eles vêm? Dessa poderosa associação do egocentrismo com a crença na nossa existência independente. Quando redirecionamos desse modo nossa atenção para o mundo lá fora, podemos começar a avaliar as conseqüências imensamente destrutivas desse tipo de raciocínio.

Essas atitudes não são úteis nem mesmo do nosso próprio ponto de vista egocêntrico. Poderíamos nos perguntar: "Que vantagem eu, como indivíduo, obtenho do meu egocentrismo e da crença na minha existência como um eu independente?" Quando realmente pensamos bem, percebemos que a resposta é: "Não muita."

Na realidade, essas crenças são a origem de sofrimento e aflição mesmo para o indivíduo. A literatura budista é prolífica em discussões desse aspecto. É interessante que, há cerca de dois anos, estive numa convenção de médicos nos Estados Unidos, e um psicólogo participante apresentou as conclusões de pesquisas que havia realizado durante um longo período. Uma conclusão que ele considerava quase inquestionável era que parece haver uma correlação entre a morte precoce, a pressão alta e a doença cardíaca, de um lado, e um exagero desproporcional no uso de pronomes da primeira pessoa ("eu", "mim" e "meu") do outro. Achei interessante essa conclusão. Até mesmo estudos científicos parecem sugerir existir uma correlação entre o excesso de atenção ao eu e o dano ao próprio bem-estar físico. Por sinal, agora foi cunhada em tibetano uma expressão, *nga rinpoche*, que significa "eu, o precioso". Embora pareça um pouco estranha, é uma expressão bastante curiosa!

Ora, em comparação, se mudarmos nosso foco de nós mesmos para os outros, se dedicarmos nossa preocupação aos outros e cultivarmos a idéia de cuidar do bem-estar alheio, isso terá o efeito imediato de abrir nossa vida e de nos ajudar a alcançar os outros. Em outras palavras, a prática de cultivar o altruísmo tem um efeito benéfico não só do ponto de vista religioso, mas também do ponto de vista secular; não só em termos de desenvolvimento espiritual mas até mesmo em termos de recompensas imediatas. A partir da minha própria experiência, posso dizer que, quando pratico o altruísmo e cuido dos outros, isso imediatamente me deixa mais calmo e mais seguro. Portanto, o altruísmo propicia benefícios imediatos.

O mesmo vale para quando cultivamos a compreensão de que o eu não é no fundo uma entidade de existência independente e começamos a preferir encarar o eu em termos da sua relação de dependência dos outros. Embora seja difícil dizer que a mera reflexão sobre esse tema produza uma profunda percepção espiritual, pelo menos algum efeito ela terá. Nossa mente ficará mais aberta. Alguma coisa começará a mudar dentro de nós. Portanto, mesmo a curtíssimo prazo, existe decididamente um efeito positivo e benéfico na inversão dessas duas atitudes e na passagem do egocentrismo para uma atitude centrada no outro, da crença na existência autônoma para a crença na origem dependente.

Para resumir, concordo com Shantideva quando ele escreve o seguinte:

Qual é a necessidade de falar mais?
Os infantis trabalham para seu próprio bem,
Os budas trabalham para o bem alheio.
Basta olhar para a diferença entre eles.

Se não troco minha felicidade
Pelo sofrimento dos outros,
Não chegarei ao estado da natureza do Buda
E mesmo em samsara *não encontrarei alegria.*

A fonte de todas as aflições no mundo
Está em pensar em si mesmo;
A fonte de toda a felicidade
Está em pensar nos outros.

PERGUNTAS

Pergunta: Se a sabedoria e a compaixão são as características ou qualidades naturais da mente iluminada, por que temos de nos esforçar tanto para cultivá-las?

SSDL: Vamos usar um caso simples como o de uma semente. Todos nós sabemos que a semente tem o potencial de crescer e se transformar numa planta, desde que a plantemos no solo adequado, que lhe apliquemos adubos, que lhe proporcionemos umidade, que mantenhamos uma determinada temperatura, e assim por diante. Embora todos nós admitamos que a semente tem o potencial dentro dela, tudo isso envolve um processo complicado, e são necessários muitos cuidados para garantir que a semente se transforme numa planta plenamente desenvolvida. O mesmo vale para nós. Outro motivo decorre de serem tão arraigados os aspectos negativos da nossa mente.

Pergunta: Como distinguimos entre desprendimento e passividade?

SSDL: Creio ser importante entender que, quando falamos de altruísmo e do bem-estar alheio, não deveríamos imaginar que isso signifique a total rejeição do nosso próprio interesse, o descuido de nós mesmos ou nossa transformação em alguma nulidade passiva. Esse é um equívoco. Na realidade, o tipo de altruísmo que volta o foco para o bem-estar alheio resulta de um estado mental de muita coragem, uma atitude muito expansiva e um forte sentido de identidade – tanto é assim que a pessoa consegue desafiar o egocentrismo cumulador de atenção ao eu que costuma governar nossa vida. Para fazer isso, precisamos ter uma forte noção do eu e uma coragem autêntica porque essas tendências parecem estar profundamente arraigadas em nós. É por isso que normalmente digo às pessoas que um *bodhisattva*, uma pessoa que encarna esse ideal altruísta, é, paradoxalmente, alguém que tem um sentido muito forte do eu, pois sem ele essa pessoa não pode ter aquele nível de dedicação e coragem. Logo, vocês não deveriam pensar que a intenção altruísta de que estamos falando é um mero estado passivo em que se expressam desejos cheios de devoção.

Pergunta: Quando Vossa Santidade fala de controlar as emoções, no Ocidente isso às vezes pode significar uma repressão ou sufocação das emoções. Como abordar essa prática com leveza?

SSDL: É naturalmente muito verdadeiro que às vezes a sufocação pode ser negativa e destrutiva, especialmente se a sensação de ressentimento ou raiva estiver associada a alguma experiência dolorosa no passado. Nessas circunstâncias, expressar a emoção pode ser libertador. Existe um provérbio tibetano que diz que, se uma concha estiver bloqueada, pode-se desobstruí-la com um sopro. No budismo há uma aceitação de que é melhor expressar certas formas de emoção relacionadas a experiências passadas de caráter doloroso. No entanto, em geral, o que parece ocorrer, pelo menos do ponto de vista budista, é que as emoções negativas, como a raiva e o ódio, são de tal natureza que quanto mais são reforçadas, mais poderosas elas se tornam. Se não reconhecemos que sua natureza é destrutiva e se lidamos com elas como se fossem aspectos naturais da psique que simplesmente surgem e desaparecem, deixando que o processo siga seu curso, esse tipo de relação descontrolada com as emoções negativas pode de fato tornar-nos cada vez mais propensos a explosões emocionais. Por outro lado, se tivermos um nítido reconhecimento do seu potencial destrutivo, esse próprio reconhecimento pode surtir um efeito, de tal modo que passamos a nos distanciar delas. Aos poucos, seu poder começará a diminuir.

Pergunta: Por que as emoções e pensamentos positivos deveriam ser preferidos ou estimulados em detrimento dos negativos? Os dois tipos não são igualmente transitórios e carentes de existência independente?

SSDL: O motivo pelo qual emoções e pensamentos positivos devem ser preferidos e estimulados em detrimento dos negativos é que, embora os dois tipos sejam igualmente transitórios e igualmente desprovidos de existência independente, permanece o fato de que as emoções e pensamentos negativos conduzem ao sofrimento e a experiências dolorosas, ao passo que os positivos levam à felicidade. E a felicidade é o que todos nós desejamos alcançar. Tanto a felicidade quanto a dor estão mudando o tempo todo, também. Logo, se recorrermos a essa lógica, não haverá necessidade de buscar a felicidade, nem haverá necessidade de fazer um esforço para nos livrarmos do sofrimento! Se os dois estão em mutação de um instante para o outro, podemos simplesmente nos deitar e esperar que ela ocorra. Não creio que esse seja o procedimento correto. Deveríamos deliberadamente implementar aquilo que causa a felicidade; e, não importa o que seja que cause o sofrimento, deveríamos deliberadamente tentar superá-lo.

Pergunta: No caminho espiritual tentamos abandonar o excesso de atenção para com nós mesmos, mas no Ocidente muitas pessoas não se amam, chegando mesmo ao ponto de desenvolver depressão crônica e cometer suicídio. Como podemos lidar com essas questões?

SSDL: Na minha forma de ver, todo esse conceito de ódio a si mesmo não significa que a pessoa não se ame. Acredito, sim, que na raiz do ódio a si mesmo deva existir um excesso de atenção ao eu ou um excesso de apego ao eu. As expectativas que a pessoa tem de si mesma são tão altas que, quando não se cumprem, a frustração é fortíssima, o que desencadeia uma dinâmica negativa.

Creio ser importantíssimo não entender mal o que os ensinamentos budistas querem dizer com a idéia de superação das nossas atitudes de excesso de atenção ao eu. Não estamos dizendo que um praticante espiritual deveria ignorar completamente ou abandonar o objetivo de realização pessoal. Pelo contrário, nós o estamos aconselhando a superar aquele egoísmo mesquinho que faz com que nos esqueçamos do bem-estar alheio e do impacto que nossos atos possam ter sobre os outros. É esse tipo de egoísmo que está sob nossa mira, não aquele tipo de egoísmo que procura a realização dos nossos interesses mais profundos. Na realidade, podemos recordar que *bodhichitta* se define como a intenção altruísta de nos tornarmos plenamente iluminados em prol de todos os seres sencientes. Esse ideal tem, portanto, por base um reconhecimento de que a conquista da plena iluminação é necessária não só para que sejamos capazes de beneficiar os outros, mas também para o aperfeiçoamento da nossa própria natureza. Logo, *bodhichitta* envolve uma admissão da necessidade de realizar nosso próprio interesse verdadeiro.

Com efeito, se os ensinamentos budistas sobre o altruísmo realmente sugerissem que deveríamos ignorar nosso próprio interesse e abandoná-lo totalmente, por dedução estaria implícito que também não deveríamos trabalhar em prol dos outros já que, segundo o budismo, um dos efeitos colaterais de ajudar os outros é que a pessoa também beneficia a si mesma. Ou seja, isso significaria que não deveríamos trabalhar nem pelos outros nem por nós mesmos.

Além disso, se examinarmos a literatura clássica budista a respeito de *bodhichitta*, descobriremos por exemplo no *Continuum sublime* (*Ratnagotravibhaga*) que Maitreya afirma serem todos os seres sencientes perfeitamente iguais pelo motivo de todos possuírem a natureza búdica. Isso quer dizer que todos nós temos a semente da bondade de um buda, a compaixão de um buda por todos os seres vivos e, portanto, o potencial para a iluminação e para a perfeição encontra-se dentro de cada um de nós. O objetivo de ensinar isso consiste em instilar no praticante um profundo sentido de coragem e uma forte noção de propósito. Se não fosse esse o caso, dedicar-se a contemplações sobre a igualdade fundamental de todos os seres não faria muito sentido.

Pergunta: Às vezes a raiva que eu sinto tem como origem o medo. Quando estou com raiva, sinto-me mais forte e já não tenho mais medo. Como eu deveria lidar com isso?

SSDL: Isso acontece mesmo. Todos nós passamos por essa experiência. Sentimos algum tipo de coragem ou poder quando estamos com raiva, mas na realidade trata-se de uma força cega. A energia da raiva pode não ser tão construtiva, ou pode simplesmente ser destrutiva. Não se sabe para que lado ela vai. A raiva exacerbada poderia até mesmo acabar levando a pessoa a tirar a própria vida, e isso é uma grande tolice. Trata-se, portanto, de uma energia cega.

Se temos uma nítida conscientização de como a raiva é prejudicial, tentemos examinar nossa raiva mais a partir dessa perspectiva. Depende também do objeto de nossa raiva. Por exemplo, se ela for dirigida a um único indivíduo, poderíamos pensar em algumas das qualidades positivas dessa pessoa, que poderiam ajudar a reduzir a raiva. Por outro lado, se a raiva resulta de alguma experiência dolorosa pela qual passamos, ou se está associada a alguma crise mundial ou a algum desastre, naturalmente há motivos justificáveis para ela. Mesmo assim, se refletirmos com cuidado, veremos que não se obtém nenhuma vantagem real por meio da raiva.

Pergunta: Vossa Santidade, foi edificante ler suas opiniões sobre a trágica situação em Kosovo. Gostaríamos de saber se o senhor é da opinião de que a violência pode chegar a ser justificável como legítima defesa no caso de um indivíduo, ou numa escala nacional no contexto de atividades bélicas de defesa.

SSDL: Em tese, a violência e a não-violência são métodos; e, para determinar se um ato é correto ou não, a motivação e os objetivos são mais importantes do que o método em si.

Logo, com a sincera motivação de produzir um resultado benéfico, a violência poderia ser permissível em circunstâncias especiais. Mas a verdade é que, na prática, creio que um dos traços predominantes da violência seja sua grande imprevisibilidade. Pois, uma vez cometida, ela pode gerar uma quantidade de complicações ou efeitos colaterais que originalmente não tinham sido previstos. É assim que acabamos tendo violência e retaliação, em ciclos intermináveis, além de muito sofrimento e dor. Creio que a situação no Kosovo surgiu exatamente dessa forma. Por esse motivo, considero melhor evitar a violência.

Num nível mais profundo, creio que a fronteira entre a violência e a não-violência depende muito da motivação. Se tiver a motivação sincera da compaixão, uma palavrinha ou ato físico áspero é essencialmente não-violento. Com uma motivação negativa, como por exemplo o desejo de enganar, trapacear ou tirar proveito do outro, nesse caso, até mesmo palavras e atos aparentemente amáveis são essencialmente violentos. A motivação é o fator mais importante. Nesse sentido, violência significa qualquer ato motivado pelo ódio.

Ora, essa é a diferença teórica entre a violência e a não-violência; e, se alguém nos atacar e ameaçar nossa vida, deveremos julgar seus atos por esses parâmetros. Digamos, por exemplo, que alguém nos esteja prejudicando neste exato momento; que devamos não só nos defender mas também extrair dessa outra pessoa algum ato apropriado que compense sua própria agressão. É preciso avaliar a situação. Se for provável que se revele insignificante adotar medidas contrárias a essa ameaça, teremos de procurar outros meios de lidar com o problema. Mas, se estivermos deparando com uma ameaça à vida, o melhor será fugir o mais rápido possível! Da mesma forma, se estivermos encurralados, simplesmente sem nenhum meio de escapar e por acaso tivermos uma arma, deveremos mirar uma parte do corpo que não represente uma lesão permanente para a outra pessoa, ao mesmo tempo em que nos salvaremos da situação.

Quaisquer que sejam as circunstâncias, situações dessa natureza são sempre difíceis. Existe, porém, uma coisa que está ao nosso alcance. Não importa o meio pelo qual nos defendamos, não devemos permitir que nossa motivação seja maculada pelo ódio à outra pessoa. Devemos deliberadamente tentar agir a partir de um sentido genuíno de interesse ou solidariedade.

Pergunta: Se tudo resulta de causa e efeito, de onde vem o livre-arbítrio?

SSDL: Quando falamos de causa e efeito, naturalmente estamos nos referindo a um princípio universal que se aplica a todas as coisas e acontecimentos, tanto animados quanto inanimados. Dentro desse contexto mais amplo, encontramos mais um nível de causalidade que diz respeito aos seres vivos. Com os seres humanos, por exemplo, existem atos aos quais o indivíduo se dedica de modo consciente, com uma certa intenção ou motivação, e esses são sujeitos ao que se descreve como a lei cármica de causa e efeito. No entanto, embora a lei do carma seja um caso ilustrativo da lei geral de causa e efeito, ela se aplica especificamente a atos intencionais, atos cometidos por agentes conscientes. Portanto, a motivação do indivíduo é uma parte essencial do processo causal. Somente isso já sugere que o indivíduo tem um papel muito atuante a desempenhar na determinação do rumo de uma situação.

Já analisamos o fato de com freqüência nos encontrarmos sob o domínio de emoções e pensamentos poderosos e negativos, e de nesse sentido carecermos de liberdade; mas isso não quer dizer que os indivíduos não tenham nenhum papel atuante a desempenhar na formação da sua intenção. O papel atuante do indivíduo é o livre-arbítrio. Existe também um outro terreno em que o livre-arbítrio se manifesta. Por exemplo, mesmo que um indivíduo tenha cometido um ato cármico e tenha plantado a semente geradora de um resultado específico, para que aquela causa produza seu resultado pleno, a causa inicial em si não basta – ela precisa de condições subseqüentes para ativá-la. Os indivíduos têm escolha. Eles podem garantir que essas condições não ocorram.

Pergunta: São numerosas as causas dignas da nossa atenção. Como decidir a qual devemos nos dedicar?

SSDL: Cabe a cada um decidir. Cada um deve resolver o que fazer! Realmente não tenho nada a dizer. É claro que é preciso levar em conta nossa própria capacidade e aquilo que podemos conseguir realizar.

Pergunta: Existe uma grande quantidade de seres no estado intermediário, prontos para encarnar numa preciosa forma humana, mas a Terra já tem um excesso de população. Como praticante budista leigo, qual seria a motivação adequada ao pensar em ter um filho?

SSDL: Bem, realmente depende muito da pessoa. Se você realmente quer ter filhos, é claro que terá de concebê-los e também de cuidar deles. Terá de se encarregar da criança e garantir que ela cresça em boas condições. Mas, se achar que isso é demais e que não quer filhos, nesse caso não é preciso ter nenhum!

Capítulo 3

A TRANSFORMAÇÃO ATRAVÉS DO *INSIGHT*

བློ་སྦྱོང

O insight *da natureza do sofrimento*

Associado aos métodos para cultivar um sentido de intimidade com os outros, existe mais um importante elemento para desenvolver a compaixão: aprofundar nossa percepção da natureza do sofrimento. A tradição tibetana sustenta que a contemplação sobre o sofrimento é muito mais eficaz quando feita com base na própria experiência pessoal e quando volta seu foco para o próprio eu porque, em geral, costumamos ser mais capazes de estabelecer relação com nosso próprio sofrimento do que com o sofrimento alheio. É por isso que dois dos principais elementos do caminho budista, a compaixão e a renúncia, são considerados dois lados da mesma moeda. A verdadeira renúncia manifesta-se quando temos um discernimento genuíno da natureza do sofrimento, focalizado em nós mesmos; e a verdadeira compaixão surge quando esse foco se volta para os outros. Logo, a diferença está simplesmente no objeto do foco.

Anteriormente, falamos de modo sucinto sobre os três níveis de sofrimento segundo os ensinamentos budistas: o sofrimento do sofrimento, o sofrimento da mudança e o sofrimento do "condicionamento difuso". Mencionei que, no contexto do treinamento para a compaixão e a renúncia, estamos nos referindo ao terceiro nível de sofrimento.

No que diz respeito ao primeiro nível de sofrimento – a dor física e outros sofrimentos óbvios –, consideramos que até mesmo os animais têm a capacidade de reconhecer essas experiências como sofrimento e também conseguem encontrar alívio para alguns dos seus aspectos, por temporário que possa ser. Quanto ao sofrimento da mudança, que é a segunda categoria, ele de fato se refere a experiências que convencionamos identificar como agradáveis ou felizes. Essas experiências são sujeitas ao sofrimento da mudança porque, quanto mais nos entregamos a elas, mais elas levam à insatisfação. Se essas experiências estivessem produzindo alguma felicidade genuína e duradoura, quanto mais nos entregássemos a elas, mais duradoura seria a sensação de felicidade, mas esse não é o caso. Com enorme freqüência, o que pode parecer uma experiência agradável, e o que inicialmente pode parecer felicidade, quando se prolonga, a certa altura transforma-se em sofrimento e gera frustração. Logo, muito embora, por convenção, chame-se a isso de felicidade, em outro sentido vê-se que tem a natureza do sofrimento. Com efeito, se examinarmos a natureza das sensações agradáveis, veremos que elas costumam apresentar uma dimensão relativa. Geralmente, definimos uma experiência como agradável em comparação com uma forma mais intensa de sofrimento que acaba de terminar. O que chamamos de "prazer" ou "felicidade" é mais como a ausência temporária de dor e sofrimento intenso.

Esse não é, porém, o significado mais profundo do sofrimento de que falamos no budismo. O sofrimento da mudança é identificado como um tipo de sofrimento por muitas outras tradições religiosas também, e existem métodos que são comuns às tradições indianas tanto budistas quanto não-budistas que permitem ao indivíduo reconhecer essas experiências como sofrimento e conseguir livrar-se dele temporariamente. Esses métodos incluem, entre outros, várias técnicas de meditação, o cultivo de estados mentais de absorção e contemplações.

É do terceiro nível de sofrimento, chamado de "sofrimento do condicionamento difuso", que estamos tratando aqui. O sofrimento do condicionamento é a origem dos outros dois tipos de sofrimento. Ele é a natureza da nossa própria existência, que resulta do carma, das ilusões e das emoções aflitivas. Diz-se que nossa própria existência como seres não-iluminados é fundamentalmente insatisfatória, ou *duhkha*, ou seja, sofrimento. Através da prática da compaixão e da renúncia, precisamos desenvolver um genuíno desejo de nos livrarmos desse terceiro nível do sofrimento, mas esse desejo somente pode surgir se compreendermos a natureza do sofrimento e suas causas.

Quando apresentamos as Quatro Nobres Verdades em termos da sua evolução lógica, é a segunda verdade, que é a origem do sofrimento, que deveria vir em primeiro lugar, ao passo que a primeira, a do sofrimento, deveria vir em segundo. O caminho vem, então, em terceiro; e a cessação, em quarto. No entanto, o Buda inverteu a ordem quando elas estão relacionadas ao desenvolvimento do *insight* de um indivíduo. Nesse contexto, ele ensina o sofrimento em primeiro lugar porque, no momento em que entendermos isso, vamos querer investigar suas causas e, em seguida, se é ou não é possível nos livrarmos dele. Somente quando nos dermos conta de que a cessação poderia ser uma possibilidade, iremos investigar a quarta verdade, que é o verdadeiro caminho ou meio pelo qual podemos alcançar a cessação. A questão nesse caso é que, para obter uma renúncia genuína, é crucial entender que a verdadeira cessação é possível, com base no *insight* da natureza essencial da realidade.

No meu próprio caso pessoal, comecei a sentir um sério interesse pelo vazio há uns trinta anos, e como fruto de um esforço planejado de contemplação, estudo e meditação, cheguei a um ponto em que senti ter um vislumbre de como deveria ser, embora eu mesmo não possa alegar ter uma percepção direta do vazio. Disse a alguns colaboradores que se algum dia eu chegar ao ponto de realizar a verdadeira cessação, nessa ocasião vou tirar longas férias! Disse que, àquela altura, eu poderia me permitir um bom descanso porque a verdadeira cessação não é simplesmente um alívio provisório do sofrimento e das suas causas, mas sua total eliminação. É tal a natureza da cessação que, mesmo que entremos em contato com circunstâncias que normalmente acionam emoções e pensamentos negativos, não existe base na qual eles possam se apoiar. É isso o que significa a verdadeira cessação.

Quando nos dedicarmos a uma profunda contemplação da natureza do sofrimento, das causas do sofrimento e do fato de que existem poderosos antídotos para essas causas, e quando refletirmos sobre a possibilidade de nos livrarmos do sofrimento e de suas causas, então seremos capazes de desenvolver uma genuína renúncia desde o fundo do nosso coração, por realmente aspirarmos a nos livrar do sofrimento. Nesse estágio, teremos a sensação de estar totalmente exaustos da nossa experiência da existência não-iluminada e do fato de estarmos sob o domínio de emoções e pensamentos negativos.

Depois de estabelecida a aspiração de conquistar a libertação desse tipo de existência, podemos transferir essa aspiração a outros, e enfocar a vivência do sofrimento alheio, que é o mesmo que o nosso. Se associarmos isso às reflexões que mencionamos anteriormente – o reconhecimento de todos os seres sencientes como nossas queridas mães, a reflexão sobre sua bondade e a percepção da igualdade fundamental de nós mesmos e dos outros –, haverá uma real possibilidade de que uma compaixão genuína surja em nós. Somente então teremos a verdadeira aspiração de ser de benefício a outros.

À medida que nossa experiência e compreensão aumentarem, também mudará nossa atitude para com as Três Jóias – o Buda, o darma e o *sangha*. O respeito que sentimos pelo Buda irá se aprofundar, já que teremos uma compreensão maior do seu ensinamento, o darma, em especial do significado da cessação e do caminho que conduz a ela. Não é o Buda somente o mestre que nos transmitiu esses ensinamentos, mas ele também encarnou esses maravilhosos princípios espirituais. Além disso, nossa admiração pelo *sangha*, a comunidade de praticantes, irá crescer cada vez mais, já que ela também representa o darma. Esse é então o motivo para procurar refúgio no Buda, no darma e no *sangha*.

Exatamente como diz o lama Tsongkhapa em seu *Em louvor à origem dependente*:

> *Quando ensinas o que tu mesmo viste,*
> *És o mestre e a sabedoria sem par.*
> *Rendo-te homenagem, pois viste*
> *E propagaste a origem dependente do Buda.*

Se seguirmos esse raciocínio, descobriremos que construímos um alicerce muito firme para o sucesso da prática. Não é como se estivéssemos escolhendo um item de cada vez, concentrando nossa energia cegamente nesse item. Pelo contrário, estamos desenvolvendo uma visão geral do caminho inteiro, de modo que, quando focalizamos um aspecto específico da prática, nossa compreensão da estrutura mais ampla enriquece essa prática.

Ao seguir por esse caminho, também começaremos a apreciar o valor da vida humana, o quanto ela é preciosa e o fato de que, como seres humanos, somos capazes de refletir sobre essas questões e acompanhar uma prática espiritual. Vamos então realmente apreciar um ponto salientado inúmeras vezes por muitos mestres tibetanos de grande importância: que não deveríamos desperdiçar a oportunidade que nos é oferecida nesta vida, por ser a vida humana tão preciosa e difícil de alcançar. Como a vida é valiosa, é importante fazer com ela algo significativo agora, já que, por sua própria natureza, ela é também transitória. Isso demonstra como podemos reunir todos os elementos das diversas práticas espirituais para que eles tenham um efeito cumulativo na nossa prática diária.

O que quero provar é que podemos treinar nossa mente cultivando a dupla aspiração de ajudar os outros e de chegar à natureza búdica em prol deles. Ao combinar essas duas aspirações, conseguimos fazer surgir *bodhichitta,* que é a expressão essencial do princípio altruísta e a fonte de todas as qualidades espirituais.

Razão, fé e experiência

É possível que haja alguns pontos doutrinários nos ensinamentos budistas cuja validade pode ter de ser aceita, pelo menos na etapa inicial, com base no testemunho de uma terceira pessoa mas, em termos gerais, a abordagem budista consiste em alicerçarmos nossa compreensão no nosso próprio raciocínio e experiência pessoal. O budismo não alega que o Buda é magnífico por ser plenamente iluminado e que, como o darma foi ensinado pelo Buda, devemos ter fé nele. Pelo contrário, o enfoque seguido consiste em desenvolver, em primeiro lugar, admiração pelo darma com base numa apreciação do valor do caminho espiritual. Isso deve surgir por meio de uma compreensão mais profunda dos principais ensinamentos, decorrente do raciocínio e da experiência pessoal. Somente então, a partir daí, deveríamos desenvolver uma admiração pelo Buda, como a pessoa que ensinou e encarnou o darma. Logo, a validade do Buda como mestre espiritual é confirmada pela validade do que ele ensinou.

Existem, porém, algumas circunstâncias nas quais a validade do Buda como mestre pode ser usada como base para a aceitação de certos pontos de doutrina. Isso está em harmonia com o posicionamento budista básico de que existem categorias diferentes de fenômenos. Muitos fenômenos nos são bastante óbvios. Trata-se de objetos ou acontecimentos que nos são acessíveis através da nossa experiência direta: podemos vê-los, podemos tocar neles, podemos senti-los e podemos provar sua existência por meio da nossa experiência direta. São o que se chama de fenômenos "evidentes" ou "empíricos".

Há então uma segunda categoria de fenômenos que é descrita literalmente como "ligeiramente obscurecida" ou "ligeiramente oculta". Embora não consigamos perceber esses fenômenos diretamente através dos nossos sentidos, podemos deduzir sua existência a partir de provas empíricas.

A terceira categoria de fenômenos é descrita como "extremamente encoberta" ou "extremamente secreta"; e esses são fatos da existência que se mantêm totalmente ocultos de nós no estágio inicial do nosso desenvolvimento espiritual. A essa altura, simplesmente não dispomos de nenhum caminho pelo qual os possamos abordar. Eles não nos são acessíveis seja pela inferência, seja pela percepção direta. Portanto, no que diz respeito a essas questões, mesmo no budismo, podemos a princípio ter de aceitar sua validade com base no testemunho de uma terceira pessoa.

Com relação a isso, gostaria de abordar uma questão que creio ser comum a todas as principais religiões do mundo: a necessidade de fé concentrada exclusivamente no caminho de cada um. Essa é a idéia de que não deveríamos seguir dois caminhos ao mesmo tempo. Ela também inclui a importância da total dedicação ao nosso caminho.

Esse ponto toca nitidamente na questão do exclusivismo religioso em comparação com o pluralismo; ou, em outras palavras, a de uma verdade *versus* muitas verdades e de uma religião *versus* muitas religiões. Num olhar superficial, realmente parece haver uma contradição entre os dois pontos de vista que se seguem: de um lado, a aceitação de que existe uma única verdade e uma única religião verdadeira; e do outro a aceitação da possibilidade de muitas verdades e muitas religiões. No entanto, a meu ver, no fundo não existe uma contradição nesse caso. Eu sugeriria que, do ponto de vista de um praticante isolado, vale o princípio de uma verdade e uma religião; mas, do ponto de vista da sociedade ou de uma comunidade de pessoas, vale o princípio de muitas verdades e muitas religiões. Em qualquer sociedade, os seres humanos são tão diversos e têm mentalidades tão diferentes que não vejo nenhuma contradição nisso.

Existem, naturalmente, muitas escolas diferentes de pensamento mesmo dentro do budismo. Poderíamos imaginar alguém cuja inclinação filosófica seja a de seguir a escola do Caminho do Meio sustentando que o posicionamento filosófico essencial do Buda é mais bem representado pela visão do vazio do Caminho do Meio. Contudo, ao mesmo tempo, essa pessoa poderia reconhecer que existe grande quantidade de opiniões incluídas nos ensinamentos de Buda, algumas das quais contradizem a visão do Caminho do Meio.

Do mesmo modo, um seguidor da escola budista da Mente Apenas argumentaria que sua interpretação da não-dualidade de sujeito e objeto representa a mais alta filosofia no ensinamento do Buda, e o verdadeiro caminho do meio. Isso, porque a visão da Mente Apenas seria mais adequada à disposição filosófica dessa pessoa. Ela poderia até mesmo alegar que os filósofos do Caminho do Meio são de fato niilistas e que ultrapassaram os limites.

As fontes de textos sagrados usadas pela escola da Mente Apenas, em especial sua fonte principal, o *Sutra para desenredar a intenção do Buda* (*Samdhinirmocana Sutra*), são atribuídas ao Buda. Ao ler esse texto, vemos que o Buda não está dizendo: "Falo isso para seu bem, para que seja adequado à sua mentalidade, mas expresso minha própria opinião em outros textos." Não há a menor indicação de que seja esse o caso. O Sutra parece afirmar que as verdades ali encerradas representam a realidade última. Na realidade, diz-se que ensinar o vazio àqueles que têm uma tendência a seguir a Mente Apenas pode ser prejudicial porque poderia levar ao niilismo.

Portanto, em geral, o que quero dizer é que existe uma enorme diversidade entre os seres humanos quando se trata de inclinações espirituais e filosóficas. Outro exemplo é que, para algumas pessoas, o conceito de um divino Criador é muito poderoso, inspirador e eficaz como cerne da sua crença espiritual. A idéia de ter somente uma vida, somente esta vida, e de ser criado por um Criador, diretamente, pode produzir a sensação de um relacionamento muito próximo com Ele. Essa sensação de envolvimento e de ligação direta com o Criador é muito forte, e pode constituir uma base sólida para o desejo de levar uma vida ética. Quanto mais próximos do Criador nos sentimos, maior será nosso esforço para viver de acordo com Seus desejos.

E mais uma vez, mesmo entre os teístas, existe uma enorme diversidade. Os cristãos possuem o conceito da Trindade, mas os muçulmanos não têm nenhuma idéia semelhante e preconizam um vínculo muito mais direto com o Criador. Isso sugere que os próprios teístas têm muitas inclinações espirituais diferentes. A solução para essa pergunta, creio eu, é que aquilo que você considere mais eficaz, aquilo que seja mais adequado ao seu temperamento e inclinação espiritual, é o caminho para você.

O insight *da natureza essencial da realidade*

A idéia de não-eu, ou seja, a negação da existência do eu, é comum a todas as escolas budistas. O motivo pelo qual tanta importância é atribuída à rejeição do conceito de uma alma ou eu eterno nos ensinamentos budistas está na constatação de que grande parte da nossa confusão e do nosso sofrimento deriva de um falso sentido de identidade e, em especial, de uma crença em algum tipo de eu eterno provido de existência independente no cerne do nosso ser. Logo, um elemento indispensável do caminho que leva à superação das nossas aflições é a conscientização da não-existência de um eu dessa natureza.

Todas as escolas budistas aceitam a doutrina de não-eu, mas algumas vão ainda além e afirmam que não deveríamos apenas rejeitar a existência independente e concreta do eu, mas deveríamos estender o mesmo raciocínio a todos os fenômenos, ou seja, aos objetos da nossa experiência. Exatamente como o sujeito é desprovido de qualquer existência independente e isolada, também o campo de experiência, ou os fenômenos, deve ser encarado da mesma forma. Logo, essas escolas aceitam a doutrina de não-eu tanto para pessoas quanto para fenômenos.

Há duas escolas que sustentam esse ponto, a saber: a escola do budismo Mente Apenas (Cittamatra) e a do Caminho do Meio (Madhyamaka). A escola do Caminho do Meio rejeita em geral qualquer noção de que os fenômenos possuam uma natureza, existência ou identidade intrínseca. Quando falei em Londres em outra ocasião, analisei a filosofia de não-eu do Caminho do Meio. Por isso, creio que hoje seria mais adequado examinar o entendimento da natureza da realidade segundo a escola da Mente Apenas.

A visão da escola da Mente Apenas

A escola da Mente Apenas discorda da caracterização que a escola do Caminho do Meio faz do não-eu como a ausência de existência intrínseca ou de identidade intrínseca. Seguidores dessa escola baseiam suas objeções no raciocínio de que, se negarmos esses aspectos, o princípio de origem dependente, que é tão fundamental para a filosofia budista, passa a ser insustentável. Se quisermos manter um entendimento coerente da origem dependente, aos seus olhos, deveremos aceitar a existência de coisas que interagem entre si e que dependem umas das outras. Por isso, eles argumentam que as coisas devem ter existência intrínseca ou natureza intrínseca.

Tendo em vista sua oposição à total rejeição da existência intrínseca por parte dos seguidores de Madhyamaka, a escola da Mente Apenas precisa encontrar um modo de interpretar passagens nos *Sutras da perfeição da sabedoria* (*Prajñaparamita*) que aparentemente corroboram a visão Madhyamaka. Isso eles fazem por meio da sua teoria das Três Naturezas. De acordo com ela, a ausência de identidade intrínseca deve ser entendida de modo diferente em contextos diferentes. Há uma natureza de fenômenos que é meramente imputada por nossa mente e que, portanto, é mero construto do nosso pensamento. Essa, segundo a escola da Mente Apenas, é a natureza imputada (*parakalpita*). Diz-se que essa natureza imputada seria desprovida de características intrínsecas. Em segundo lugar, existe a natureza dependente (*paratantra*) dos fenômenos, que possuem, sim, uma natureza intrínseca mas são carentes de produção independente. Isso quer dizer que eles não surgem por si mesmos; pelo contrário, surgem em conseqüência de outras causas e condições. A terceira natureza chama-se natureza essencial (*parinispanna*), que é descrita como "vazio". Diz-se que essa é desprovida de identidade absoluta.

A escola da Mente Apenas afirma que essas três naturezas são universais, o que significa, por definição, que se estendem a todos os fenômenos. Cada fenômeno possui uma natureza dependente, uma natureza imputada e uma natureza essencial. E ainda, essas três naturezas são intimamente vinculadas – a natureza dependente é a base sobre a qual projetamos nossos construtos mentais; a realidade independente que tendemos a conceber em relação a objetos dependentes é a natureza imputada; e a ausência de realidade desse construto é a realidade essencial. Portanto, a natureza dependente é a base, a natureza imputada é o construto que projetamos, e a realidade essencial é o vazio desse construto.

A escola da Mente Apenas caracteriza essa natureza essencial, ou vazio, de dois modos diferentes. De um modo, ela é descrita como a não-dualidade de sujeito e objeto. Afirma-se que em última análise quem percebe e o que é percebido, o sujeito e o objeto, são não-duais; e que é nossa imaginação que cria a separação dos dois. De outro modo, alega-se que na nossa percepção normal, temos a propensão a encarar os objetos como se tivessem algum tipo de critério objetivo que os tornasse os referentes da nossa linguagem e conceitos. No entanto, esse não é o caso.

Por exemplo, nós nos referimos a um objeto por um termo específico e o rotulamos desse modo, mas o objeto em si não existe por seu papel como referente desse rótulo. Pelo contrário, são nossa língua e processos de raciocínio que associam um termo conceitual a um objeto. A escola da Mente Apenas afirma que nossa forma de relacionar palavras e conceitos a objetos é meramente relativa, condicional ou provisória, e no entanto não nos comportamos como se fosse esse o caso. Se nos perguntassem o que significa a palavra "corpo", instintivamente indicaríamos um corpo físico e diríamos que aquilo era um corpo. De algum modo, acreditamos que existe algo objetivamente real no corpo que o torna o referente do termo "corpo" e dos conceitos afins. Contudo, de acordo com a escola da Mente Apenas, não se trata disso. A referência do termo "corpo" ao objeto "corpo" deriva de um complexo sistema de convenção. Se houvesse algo objetivamente real no relacionamento entre o termo e o objeto, argumenta-se que deveríamos ser capazes de ter a idéia de que "isso é um corpo" mesmo antes de aplicarmos nosso pensamento rotulador. Apesar disso, normalmente nos comportamos como se as coisas em si de algum modo tivessem uma espécie de relação absoluta com as palavras que as designam; e como se as coisas tivessem uma realidade objetiva independente que torna correto que nos refiramos a elas por meio desses termos.

A escola da Mente Apenas propõe um método de abordar a natureza mais profunda da realidade por meio de um processo de investigação da natureza dos nomes e termos, dos referentes desses termos, da natureza dos fenômenos e das características específicas dos fenômenos. Essa abordagem é conhecida como as Quatro Buscas, ou Investigação através das Quatro Avenidas. Ela propicia o *insight* sobre esses quatro aspectos dos fenômenos, a saber, o termo, o referente, a natureza e as características. Diz-se então que isso conduz a uma compreensão da sua natureza essencial, a não-dualidade do objeto percebido e do sujeito que percebe.

Embora em nossa ingênua visão de mundo tenhamos a tendência a acreditar que as coisas de fato existem fora de nós, como nós as percebemos normalmente, na realidade, a percepção de um objeto e o objeto em si não são separados. Diz-se que são dois aspectos do mesmo fenômeno. Assim, essa escola sustenta que o que percebemos como realidade externa da matéria é simplesmente uma projeção da nossa mente. Na verdade, quem percebe e o objeto percebido são simultâneos: participam da mesma realidade e derivam da mesma fonte.

A escola da Mente Apenas tenta explicar a complexidade da percepção através do processo de desdobrá-la em diversos aspectos. Quando percebemos um objeto, como uma forma, existe o elemento de ver algo como algo, como ver um objeto azul como um objeto azul. Então, dentro dessa percepção, existe também a percepção de que o objeto azul existe como o verdadeiro referente para o termo "azul". Há um outro aspecto da percepção segundo o qual também acreditamos que esse objeto azul existe como o referente para o termo "azul" objetivamente, por sua própria conta. E, finalmente, existe uma percepção daquele objeto azul como algo que é independente e separado da própria percepção.

A escola da Mente Apenas esclarece então a dinâmica desses aspectos diferentes da percepção, com a atribuição de disposições diferentes a nós. Ela sustenta que o fato de percebermos um objeto azul como azul é devido a estarmos habituados a repetidas percepções de coisas azuis. O aspecto de vermos o azul como o referente do termo "azul" é atribuído à nossa acomodação à linguagem e às convenções. E nossa percepção de que o objeto azul é não só um referente do termo "azul" mas também existe em si, objetivamente, é atribuída à marca da nossa tendência a nos agarrarmos à idéia da existência independente (nesse caso, a existência do azul). Finalmente, o aspecto da nossa percepção pelo qual temos a tendência a considerar o objeto azul como algo independente da percepção que temos dele é atribuído à marca de outra propensão, descrita como "a propensão da existência não-iluminada". Dessas quatro marcas, as duas primeiras são consideradas válidas, e os correspondentes aspectos de percepção são válidos também. Já as duas últimas e as percepções que as acompanham são consideradas ilusórias.

Em última análise, o posicionamento da escola da Mente Apenas é que o sujeito, o objeto percebido e a faculdade de apercepção (uma qualidade introspectiva da consciência) são todos aspectos diferentes do mesmo fenômeno. É assim que eles fundamentam seu entendimento da natureza essencial da realidade como a não-dualidade de sujeito e objeto. Há, portanto, uma importante diferença no entendimento da realidade essencial entre a escola da Mente Apenas e outras escolas maaianas. No que diz respeito ao entendimento da estrutura geral do caminho espiritual, porém, não há diferenças entre as escolas.

Para quem esteja interessado na filosofia budista, creio ser muito importante entender a visão da realidade essencial segundo a escola da Mente Apenas. Deveríamos levar a sério suas objeções contra a escola do Caminho do Meio. Seu questionamento é que se, como os Madhyamakas, rejeitarmos qualquer noção de existência, identidade ou natureza intrínseca, estaremos suscetíveis ao niilismo. Depreende-se daí que uma verdadeira compreensão da filosofia do vazio do Caminho do Meio somente é possível se podemos distinguir entre a negação da existência intrínseca e da identidade das coisas, de um lado, e a rejeição da existência *per se*, do outro. Em outras palavras, precisamos ser capazes de reagir à crítica da escola da Mente Apenas e defender a rejeição, por parte do Caminho do Meio, do ser intrínseco, ao mesmo tempo em que não negamos a existência de uma vez.

No 26º capítulo de *Sabedoria fundamental do Caminho do Meio* (*Mulamadhyamakakarika*), no qual examina os Doze Elos da origem dependente, o mestre Madhyamaka, Nagarjuna, esforça-se ao máximo para defender a rejeição da existência intrínseca por parte da escola do Caminho do Meio, alegando não ser ela niilista. Existe, portanto, uma enorme diferença entre o vazio e o mero nada, bem como entre a negação da existência intrínseca e a negação da existência como um todo.

PERGUNTAS

Pergunta: Consigo admitir que, como prática e objetivo a longo prazo, possamos eliminar emoções aflitivas por meio do *insight* do vazio. Mas, quando estamos mergulhados na raiva, como podemos trabalhar com ela naquele exato instante?

SSDL: Isso depende muito do indivíduo. No caso de um praticante que tenha uma profunda experiência de *bodhichitta*, um senso de renúncia diante das questões mundanas e alguma compreensão do vazio, os casos de fortes emoções negativas, como a raiva e o ódio, serão bastante raros. Mesmo que cheguem a surgir, uma pessoa dessas é capaz de recordar instantaneamente o ensinamento e de se ligar à sua conscientização espiritual, o que pode de imediato dissipar a intensidade da emoção negativa.

No entanto, para aqueles que, como eu, não têm conscientizações tão profundas, o melhor método consiste em tentar garantir que não se descubram em situações ou circunstâncias que possam propiciar fortes emoções negativas. Costuma-se dizer que, para os novatos, a prevenção é muito mais eficaz do que o confronto, e isso me parece muito verdadeiro. Pela experiência, podemos adquirir uma noção do tipo de circunstância que pode nos levar a explosões de fortes emoções negativas e podemos fazer o máximo para evitá-las. Porém, quando fortes emoções negativas como a raiva e o ódio realmente surgirem em nós, talvez possamos descobrir uma forma de lidar com elas se elas ainda não tiverem explodido. Mas se já tiverem, talvez não haja mais muita coisa que possamos fazer. Nesse caso, talvez o melhor seja simplesmente berrar a plenos pulmões.

Quando eu era criança no Palácio de Verão de Norbulingka no Tibete, os faxineiros do palácio costumavam me dizer que, quando eu me zangasse com os colegas de brinquedos, deveria primeiro morder os punhos. Agora, em retrospectiva, parece um conselho bastante sensato porque, se pensarmos bem, a probabilidade é que, quanto maior a raiva, maior a força da nossa própria mordida. Isso realmente nos despertará e nos relembrará de que não deveríamos nos enfurecer tanto, porque nós mesmos teremos vivenciado a dor da mordida. Além disso, a dor exercerá o efeito imediato de afastar nossa mente da raiva.

Pergunta: Vossa Santidade, quero muito ser um ser humano melhor, mais bondoso, ter compaixão e me livrar de todos os meus pensamentos e atos negativos; mas, quanto mais procuro trabalhar nesse sentido, mais erros eu cometo, mais pareço resvalar para o velho estilo. Tenho a impressão de estar andando num lamaçal. O senhor tem algum conselho para mim?

SSDL: Eu por mim acho que isso é uma indicação de que você seguiu o conselho com muita seriedade. Com efeito, a situação é muito semelhante ao que acontece quando alguém começa a meditar. Quando a pessoa pára para sentar, refletir e tentar meditar, começa a ver que seus pensamentos são tão instáveis e existe tanta dispersão na sua mente que é como se a meditação o estivesse deixando mais disperso. Na realidade, esse é um bom sinal, um sinal de que você está começando a avançar.

Ora, como já expliquei, transformar a mente não é fácil. É demorado, e por isso não deveríamos perder a coragem e o interesse. Deveríamos simplesmente persistir. É útil pensar em termos não de apenas algumas semanas, alguns meses ou alguns anos, mas de vida após vida – milhares de vidas, milhões de vidas, trilhões de vidas, eternidades, eternidades infinitas. Esse é o modo de pensar do budismo.

Sempre que eu mesmo sinto alguma frustração, ou muita tristeza, lembro-me daquela linda estrofe: "*Enquanto perdurar o espaço, enquanto persistirem os seres sencientes, que eu também possa permanecer para dissipar as desgraças do mundo.*" Repito essa estrofe, penso nela e medito a seu respeito; e instantaneamente minha frustração mental desaparece. Precisa-se, portanto, de mais determinação. Não importa quanto tempo a transformação demore, é preciso desenvolver esse tipo de determinação, e então tudo ficará muito mais fácil. Para os que querem resultados imediatos, as coisas serão mais difíceis. Essa é a minha experiência. Se você descobrir algo de útil nela, então procure segui-la. Se achar que ela não faz sentido, então não sei o que dizer, não tenho mais nenhum conselho a dar.

Capítulo 4

AS OITO ESTROFES SOBRE A TRANSFORMAÇÃO DA MENTE

བློ་སྦྱོང་

Até agora, conversamos sobre a base que possibilita a transformação espiritual e sobre a necessidade de treinamento da mente. O ponto mais essencial é o desenvolvimento de *bodhichitta*, a intenção altruísta de alcançar a iluminação para o bem de todos os seres sencientes, que deriva do treinamento das duas aspirações. Com o intuito de promover nossa prática, é aconselhável que a apliquemos constantemente à nossa vida diária e ao nosso comportamento em geral – físico, verbal e mental. A ação verbal inclui a leitura de textos como *As oito estrofes sobre a transformação da mente*, apresentadas aqui (veja Apêndice I) como um lembrete constante da importância de empreender esse tipo de contemplação.

Situemos a prática de *bodhichitta* no contexto do budismo tibetano em geral. Pode-se descrever o budismo tibetano como o sistema mais abrangente do budismo no sentido de que ele contém elementos de todos os aspectos dos ensinamentos do Buda, aí incluído o Vajrayana. Os ensinamentos das Quatro Nobres Verdades formam o cerne dos ensinamentos não-maaiana e são na realidade o fundamento do caminho budista. Aliadas ao treinamento da moralidade, as Quatro Nobres Verdades também servem como base para a prática de *bodhichitta*.

O desenvolvimento de *bodhichitta* é o âmago do ensinamento do Buda, e o caminho principal. Uma vez que tenha ocorrido o desenvolvimento de *bodhichitta*, o/a praticante passa a aplicar o princípio altruísta em toda a sua vida. Isso leva ao que se conhece como os "ideais do *bodhisattva*", que incluem as "seis perfeições" – as perfeições da generosidade, moralidade, paciência, entusiasmo, meditação ou concentração e sabedoria. Dessas seis, as duas últimas talvez sejam as mais importantes porque é no contexto da perfeição da concentração ou do discernimento profundo que são apresentados os métodos do Vajrayana. Podemos considerar os ensinamentos do Vajrayana como métodos mais refinados para realizar a perfeição da concentração e da sabedoria. A prática mais elevada para seu aperfeiçoamento, do ponto de vista do budismo tibetano, seria o Tantra da Yoga Sublime (*anuttarayoga tantra*), no qual se pode encontrar uma explicação detalhada dos níveis sutis de consciência.

O ponto que quero transmitir aqui é que a prática da compaixão está no centro do caminho inteiro. Todas as outras práticas ou são preliminares a ela, servindo-lhe de alicerce, ou são aplicações subseqüentes dessa prática crucial. Eu gostaria também de salientar que existe a esse respeito um consenso entre todas as escolas budistas, tanto de tradição maaiana quanto não-maaiana. Logo, a compaixão está na raiz de toda a doutrina budista, mas é dentro do ideal do *bodhisattva* que encontramos uma ênfase especial aplicada ao desenvolvimento disciplinado da compaixão por meio do cultivo de *bodhichitta*.

AS OITO ESTROFES

Determinado a alcançar a meta mais elevada
Em benefício de todos os seres sencientes,
Que supera até a pedra dos desejos,
Que eu os tenha em alta estima para sempre.

Em tibetano, a primeira estrofe começa com uma referência ao eu, e nós tocamos sucintamente na questão do eu no Capítulo 1. Agora vamos nos aprofundar mais nesse tema.

A análise da natureza e da existência do eu é de fato crítica para uma compreensão do caminho budista. Poderíamos dizer que dentro do budismo existem duas visões principais relativas a essa questão. Por um lado, há escolas budistas que, embora rejeitem o eu como um princípio eterno ou uma alma eterna, afirmam que um eu, ou pessoa, ou indivíduo, precisa ser identificado em relação aos agregados mente-corpo. Por exemplo, algumas escolas postulam a pessoa como a soma total dos cinco agregados. Outras alegam que é a consciência mental que é a verdadeira pessoa ou verdadeiro eu. O mestre indiano Bhavaviveka, por exemplo, identificou a sexta consciência mental[1] como a pessoa em última análise. No entanto, outras escolas, como por exemplo a da Mente Apenas, não se satisfazem com a identificação da pessoa com a consciência mental. Elas propõem uma faculdade separada, chamada de "consciência básica" (*alaya vijñana*) que se acredita ser constante, onipresente e contínua. Diz-se também que é neutra e atua como repositório para as muitas propensões que existem no nosso fluxo mental.

Portanto, esse grupo de escolas budistas procura identificar o eu objetivamente com o complexo mente-corpo. Por que a escola da Mente Apenas sentiu a necessidade de postular uma consciência básica, separada das nossas consciências mentais gerais? Eles concluíram haver circunstâncias na vida, especialmente para um praticante de meditação altamente evoluído em total equilíbrio no vazio, em que nenhum aspecto da consciência do praticante está contaminado. Contudo, ele ou ela ainda não atingiu a plena iluminação, de modo que os poluentes mentais e suas

1. O budismo clássico distingue seis consciências: a consciência visual, a consciência auditiva, a consciência olfativa, a consciência tátil, a consciência do paladar e a consciência mental.

marcas devem ainda se encontrar em algum lugar. Foi por isso que eles sentiram a necessidade de propor uma faculdade distinta chamada de consciência básica, que é por sua própria natureza um estado neutro.

Por outro lado, existe uma escola do budismo chamada Prasangika Madhyamaka, que rejeita qualquer necessidade de postular o eu objetivamente como uma entidade de existência inerente. Eles afirmam que não podemos pressupor nem que o eu nem objetos e acontecimentos possuam uma realidade independente objetiva. É preciso compreender a existência do eu ou pessoa como um construto em relação ao complexo mente-corpo, algo que é imputado a partir da mente e do corpo mas que não tem nem existência independente nem identidade inerente.

A partir dessa segunda perspectiva, mais profunda, afirmamos que o eu é uma designação atribuída aos agregados do complexo mente-corpo. Os seguidores do Prasangika sustentam que a natureza do eu é tal que, quando de fato se começa a pesquisar sua existência real com base nos seus supostos componentes físicos e mentais, não se consegue encontrar nada que possa ser identificado como o verdadeiro "eu". O Prasangika Madhyamaka submete a noção do eu ao que se chama de "análise dos sete pontos"[2] e acaba por afirmar que, tendo em vista a impossibi-

2. Essa análise investiga sete possibilidades, uma a uma. Elas são as seguintes: o eu não é idêntico às suas partes; o eu não é diferente das suas partes; o eu não é a base das suas partes; o eu não é ineren-

lidade de encontrar um eu ou pessoa quando analisamos nosso corpo e mente, não deveríamos concluir que ele não exista de modo algum, mas, sim, que exista enquanto designação.

Uma das inferências que eles extraem dessa abordagem é que não deveríamos nos envolver num excesso de análise e tentar postular uma realidade metafísica para o eu. Deveríamos, sim, aceitar a realidade do eu ou pessoa com base na convenção de aceitação geral, sem investigar além desse ponto. Portanto, quando começamos a calcular que a validade da realidade do eu pode ser aceita somente no nível da convenção popular, e no nível do uso lingüístico, é que nos damos conta de que não podemos postular nenhuma realidade objetiva inerente a ele. Além disso, também chegamos a perceber que o eu não tem nenhuma identidade independente própria, nem existência inerente. As pessoas não existem em si e por si, mas apenas dentro do contexto da linguagem e do entendimento que predomina no mundo transacional. Essa análise é um método muito habilidoso de obter um *insight* do vazio das pessoas.

Os seguidores do Prasangika estão sugerindo que as pessoas são de algum modo reais no nome e no conceito, mas não na realidade objetiva. Essa concepção é, porém,

---

temente dependente das suas partes, o eu não possui inerentemente partes; o eu não é a forma das suas partes; e o eu não é o conjunto das suas partes.

ligeiramente diferente da noção de entidades abstratas sustentada por outras escolas budistas que, de modo semelhante, afirmam serem as entidades reais apenas no nome e no conceito. É importante não se deixar confundir por isso. Embora o mesmo termo possa ser usado por escolas budistas diferentes, seu significado pode mudar em contextos distintos e quando ele é usado por filósofos diferentes. Isso vale, por exemplo, para a palavra *svabhava*, "natureza intrínseca". Às vezes encontramos a palavra nos textos de filósofos do Prasangika Madhyamaka que rejeitam a noção de existência inerente. O mero fato de eles usarem a palavra em alguns contextos não significa que aceitem a existência inerente. Logo, é importante estar alerta para o contexto específico em que uma palavra aparece.

Quando nos referimos ao "eu" no contexto das *Oito estrofes*, portanto, não deveríamos ver isso como alguma forma de eu objetivamente real e substancialmente existente. Deveríamos sempre ter em mente que o eu é compreendido como a pessoa definida pelas convenções.

Nessa estrofe, estamos expressando a aspiração de ter enorme estima por todos os outros seres sencientes já que são eles a base a partir da qual podemos atingir a meta mais elevada, que é o bem-estar dos seres sencientes. Essa meta supera até mesmo a lendária pedra dos desejos pois, por mais preciosa que essa pedra possa ser, ela não tem como proporcionar a mais alta realização espiritual. Há também uma referência aqui à generosidade de todos os outros seres, e nós comentamos anteriormente o significado disso. Especialmente para um praticante maaiana, é graças a outros seres sencientes que podemos desenvolver grande compaixão, o mais alto princípio espiritual; e é graças a outros seres sencientes que podemos desenvolver *bodhichitta*, a intenção altruísta. Portanto, é com base na nossa interação com os outros que podemos atingir as realizações espirituais mais elevadas. Vista dessa perspectiva, a generosidade dos outros é muito profunda.

Encontramos um princípio semelhante aplicado a outros campos de prática espiritual, como por exemplo os "três treinamentos sublimes" – os treinamentos em moralidade, meditação e *insight*. O papel desempenhado pelos outros é muito importante nesses treinamentos, desde o início. Vejamos, por exemplo, o treinamento sublime em moralidade. O cerne da formação budista em moralidade é a ética do controle, ou seja, de evitar prejudicar os outros; e a prática essencial consiste em evitar os dez atos negativos, o primeiro dos quais é matar. Portanto, já a primeira prática da disciplina ética, a de não matar, está diretamente associada ao valor do papel desempenhado pelos outros. E mais, segundo o budismo, algumas das qualidades positivas que desejamos na vida, tais como a longevidade, uma aparência atraente, a prosperidade, o suprimento de todas as nossas necessidades, e assim por diante, seriam todas elas o resultado cármico da nossa interação com os outros. A longevidade, por exemplo, seria um efeito da prática ética de não matar; a aparência física atraente resultaria de ter paciência com os outros; ter todas as necessidades atendidas é encarado como o resultado de ter sido generoso para com os outros numa vida anterior;

e assim por diante. Logo, até mesmo as vantagens materiais pelas quais lutamos são consideradas fruto da nossa interação com os outros.

Quando falamos de cultivar o pensamento de ter pelos outros uma estima enorme, é importante entender que não estamos cultivando aquele tipo de pena que às vezes sentimos por alguém que é menos afortunado que nós. Na pena, existe uma tendência a olhar de cima o objeto da nossa compaixão e a ter uma sensação de superioridade. Estimar os outros é na realidade o inverso disso. Nessa prática, ao reconhecer a generosidade dos outros e como eles são indispensáveis para nosso próprio progresso espiritual, damos valor à sua tremenda importância e expressão e, desse modo, naturalmente lhes atribuímos uma posição mais elevada na nossa mente. É porque os encaramos dessa forma que podemos nos relacionar com eles como seres prezados, dignos do nosso respeito e afeto. É por isso que a estrofe seguinte diz:

Sempre que eu interagir com alguém,
Que eu me veja como o menos importante de todos,
E, das profundezas do meu coração,
Respeitosamente considere os outros superiores.

Essa estrofe sugere o tipo de atitude que acabei de descrever. A idéia de nos considerarmos menos importantes que os outros não deveria ser interpretada equivocadamente como uma forma de nos negligenciarmos, de ignorarmos nossas necessidades ou de nos considerarmos um caso perdido. Pelo contrário, como expliquei antes, ela tem origem num corajoso estado mental no qual somos capazes de nos relacionar com os outros, com plena consciência da condição que temos de ajudar. Portanto, por favor, não interpretem mal esse ponto. O que estamos sugerindo aqui é a necessidade de uma humildade genuína.

Gostaria de contar uma história para ilustrar esse ponto. Havia um grande mestre Dzogchen, há cerca de duas ou três gerações, chamado Dza Paltrul Rinpoche. Ele não só era um grande mestre mas também tinha muitos seguidores, e costumava dar palestras a milhares de discípulos. Mas também praticava a meditação e ocasionalmente desaparecia para fazer um retiro em algum lugar, o que forçava seus discípulos a sair à sua procura. Durante um desses intervalos, ele estava em peregrinação e permaneceu uns dias numa casa de família, como faziam muitos peregrinos tibetanos. Eles costumavam procurar abrigo com uma família à beira da estrada e faziam alguns serviços domésticos em troca de alimento. Assim, Dza Paltrul Rinpoche realizava diversos serviços para a família, até mesmo esvaziar o urinol da mãe da família, o que fazia com regularidade.

Alguns dos seus discípulos acabaram vindo àquela região e ouviram dizer que Dza Paltrul Rinpoche estava por ali. Afinal, um grupo de monges chegou à casa e abordou a dona. "A senhora sabe onde está Dza Paltrul Rinpoche?", perguntaram. "Não conheço nenhum Dza Paltrul Rinpoche por aqui", respondeu ela. Os monges então o descreveram para ela e acrescentaram: "Soubemos que ele está morando na sua casa como peregrino." "Ai", exclamou ela, "*esse* é Dza Paltrul Rinpoche!" Supostamente, naquele exato momento, Dza Paltrul Rinpoche tinha ido esvaziar seu urinol. A mulher ficou tão horrorizada que saiu correndo!

O que essa história nos diz é que mesmo num grande lama como Dza Paltrul Rinpoche, que tinha milhares de seguidores e que estava acostumado a dar ensinamentos sentado num trono elevado, cercado de muitos monges, havia uma humildade genuína. Ele não hesitava quando chegava a hora de fazer um serviço como esvaziar o urinol de uma senhora idosa.

Existem muitos modos específicos pelos quais podemos praticar a visão de nós mesmos como seres inferiores aos outros. Para recorrer a um exemplo simples, todos nós sabemos por experiência que, quando focalizamos a atenção num objeto ou indivíduo em particular, de acordo com o ângulo do qual o observamos, teremos uma perspectiva diferente. Essa é, com efeito, a natureza do pensamento. Os pensamentos são capazes de selecionar apenas características isoladas de um dado objeto em um momento específico. O pensamento humano não tem a capacidade de visualizar algo de modo abrangente em sua plenitude. A natureza do pensamento é ser seletivo. Quando temos consciência disso, podemos nos ver como inferiores aos outros a partir de um determinado ponto de vista, mesmo em comparação com um inseto.

Digamos que eu me compare a um inseto. Sou um seguidor do Buda. Sou um ser humano dotado da capacidade de pensar e, supostamente, de distinguir entre o certo e o errado. Supõe-se também que eu tenha algum conhecimento dos ensinamentos básicos do Buda; e, em teoria, tenha um compromisso com essas práticas. No entanto, quando descubro certas tendências negativas brotando em mim, ou quando cometo atos negativos com base nesses impulsos, nesse caso, do meu ponto de vista, sem dúvida há como defender a idéia de que sob certos aspectos sou inferior ao inseto. Afinal de contas, um inseto não é capaz de distinguir o certo do errado, como os humanos são. Ele não tem a faculdade de pensar a longo prazo e não consegue entender os detalhes de ensinamentos espirituais. Logo, de uma perspectiva budista, o que um inseto faz resulta do hábito e do carma. Em comparação, os seres humanos têm a capacidade de determinar o que fazer. Se, apesar disso, agimos de modo negativo, seria possível argumentar que somos inferiores àquele inseto inocente! Portanto, quando seguimos esse raciocínio, vemos que há base suficiente para que nos encaremos como inferiores a todos os outros seres sencientes.

Diz a terceira estrofe:

Em todos os meus atos, que eu sonde minha mente,
E, assim que surgirem aflições mentais e emocionais –
Por ameaçarem a mim e aos outros –,
Que eu com vigor as enfrente e as afaste.

Isso indica que, embora todos nós, enquanto praticantes espirituais, desejemos superar nossos pensamentos, emoções e impulsos negativos, em decorrência da nossa longa acomodação a tendências negativas e da nossa falta de empenho em aplicar os antídotos necessários, as emoções e pensamentos aflitivos ocorrem, sim, em nós de modo espontâneo e bastante vigoroso. Na realidade, tal é sua intensidade que costumamos ser levados por essas tendências negativas. Essa estrofe sugere que deveríamos nos conscientizar desse fato para que nos mantenhamos alerta. Deveríamos constantemente nos observar e assinalar quando tendências negativas surgem em nós, para que possamos agarrá-las nesse momento inicial. Se agirmos desse modo, não estaremos cedendo a elas. Teremos a capacidade de nos defender e de manter uma certa distância delas. Desse modo, não as reforçaremos e nos pouparemos de passar por uma explosão de fortes emoções, com as palavras e atos negativos aos quais ela conduz.

Em geral, porém, não é isso o que acontece. Mesmo sabendo que as emoções negativas são destrutivas, se elas não forem muito intensas, costumamos pensar: "Ah, pode ser que eu não tenha problemas com essa." Costumamos tratá-las com bastante despreocupação. O problema é que, quanto mais estamos acostumados às aflições dentro de nós, mais propensos nos tornamos a que elas voltem a ocorrer, e então será ainda maior nossa tendência a ceder a elas. É desse modo que a negatividade se perpetua. Portanto, é essencial estarmos alerta, como recomenda o texto, para que, sempre que surgirem emoções aflitivas, nós sejamos capazes de enfrentá-las e afastá-las de imediato.

Salientei anteriormente que a doutrina budista deve ser compreendida em relação ao objetivo de alcançar a libertação do sofrimento; e que o cerne da prática espiritual budista consiste, portanto, em trabalhar com tendências negativas. É muito importante, especialmente para um budista praticante, observar-se constantemente na vida diária, observar os pensamentos e sentimentos mesmo durante os sonhos, se possível. À medida que a pessoa vai treinando a aplicação da conscientização, aos poucos ela será capaz de aplicá-la com regularidade cada vez maior, e sua eficácia como instrumento aumentará.

Diz a estrofe seguinte,

Quando vir seres de caráter desagradável
Oprimidos por forte negatividade e sofrimento,
Que eu tenha por eles estima – por serem raros de encontrar –
Como se tivesse encontrado um tesouro precioso!

Essa estrofe refere-se ao caso especial das relações com pessoas que são marginalizadas socialmente, talvez por seu comportamento, sua aparência, sua miséria ou por alguma doença. Quem quer que pratique *bodhichitta* deve dedicar um cuidado especial a essas pessoas como se, ao encontrá-las, tivesse encontrado um verdadeiro tesouro. Em vez de sentir repulsa, um verdadeiro praticante desses princípios altruístas deveria empenhar-se e aceitar o desafio de relacionar-se. Com efeito, nosso modo de interagir com esse tipo de pessoa poderia dar um grande ímpeto à nossa prática espiritual.

Nesse contexto, eu gostaria de salientar o importante exemplo dado por muitos irmãos e irmãs cristãos que se dedicam às profissões humanitárias e de atendimento especialmente direcionadas aos membros marginalizados da sociedade. Um desses exemplos na nossa época foi a falecida Madre Teresa, que dedicou a vida a cuidar dos necessitados. Ela encarnou o ideal que é descrito nessa estrofe.

É tendo em vista esse ponto importantíssimo que, quando me encontro com membros de centros budistas em várias partes do mundo, costumo ressaltar para eles que não é suficiente que um centro budista mantenha simplesmente programas de ensino ou meditação. Há naturalmente centros budistas muito impressionantes e alguns centros de retiro, nos quais monges ocidentais foram tão bem treinados que conseguem tocar o clarinete no estilo tradicional tibetano! Mas eu também saliento para eles a necessidade de inserir a dimensão social e assistencial no seu programa de atividades, para que os princípios apresentados nos ensinamentos budistas possam fazer uma contribuição à sociedade.

Alegro-me em informar já ter tomado conhecimento de que alguns centros budistas estão começando a aplicar os princípios budistas à área social. Por exemplo, creio que na Austrália existem centros budistas que estão estabelecendo abrigos, ajudando pessoas à morte e cuidando de pacientes com Aids. Também ouvi falar de centros budistas engajados em alguma forma de educação espiritual em prisões, onde dão palestras e oferecem aconselhamento. Para mim, esses são exemplos incríveis. É claro que é uma profunda infelicidade quando essas pessoas, especialmente presidiários, se sentem rejeitadas pela sociedade. Não só por lhes causar uma dor profunda; mas também, de um ponto de vista mais amplo, por se tratar de uma perda para a sociedade. Não estamos proporcionando a essas pessoas a oportunidade de fazer uma contribuição social construtiva quando elas de fato dispõem do potencial para isso. Creio, portanto, ser importante que a sociedade como um todo não rejeite esses indivíduos, mas os proteja e reconheça a contribuição em potencial que eles podem fazer. Desse modo, eles sentirão que têm um lugar na sociedade e começarão a pensar que talvez tenham algo a oferecer.

Diz a estrofe seguinte:

Quando os outros, por inveja, me tratarem
Mal, com grosseria, calúnia e desprezo,
Que eu aceite a carga da derrota
E ofereça aos outros a vitória.

O ponto principal transmitido por essa estrofe é que, quando os outros nos provocam, talvez sem nenhuma razão ou de modo injusto, em vez de ter uma reação negativa, como verdadeiro praticante do altruísmo, deveríamos ser capazes de agir com tolerância para com eles. Não deveríamos nos perturbar com um tratamento desses. Na estrofe seguinte, aprendemos que não só deveríamos ser tolerantes para com essas pessoas, mas que de fato deveríamos encará-las como nossos mestres espirituais.

Quando alguém a quem ajudei,
Ou em quem tive grandes esperanças,
Me maltratar de modo extremamente doloroso,
Que eu ainda o encare como meu precioso mestre.

No *Manual para o estilo de vida do Bodhisattva* de Shantideva, há uma análise abrangente de como podemos desenvolver esse tipo de atitude, e como de fato podemos aprender a encarar como objetos de aprendizado espiritual aqueles que nos prejudicam. E também, no terceiro capítulo de *Entrada para o Caminho do Meio* de Chandrakirti, há ensinamentos profundamente inspiradores e eficazes sobre o cultivo da paciência e da tolerância.

A sétima estrofe resume todas as práticas que estivemos analisando. Diz ela:

Em suma, que eu ofereça benefícios e alegria
A todas as minhas mães, de modo direto e indireto,
Que eu em silêncio assuma
Todas as dores e mágoas das minhas mães.

Essa estrofe apresenta uma específica prática budista conhecida como "a prática de dar e receber" (*tong len*), e é por meio da visualização de dar e receber que praticamos a equiparação e o intercâmbio com os outros.

O "intercâmbio com os outros" não deveria ser interpretado no sentido literal de nos transformarmos no outro e o outro em nós. De qualquer modo, isso é impossível. O que se quer dizer aqui é uma inversão das atitudes que temos normalmente para com os outros e nós mesmos. Temos a tendência a nos relacionarmos com esse suposto "eu" como um núcleo precioso no centro do nosso ser, algo de que realmente vale a pena cuidar, a tal ponto que nos dispomos a ignorar o bem-estar dos outros. Em comparação, nossa atitude para com os outros costuma lembrar a indiferença. Na melhor das hipóteses, podemos sentir interesse por eles, mas mesmo isso pode simplesmente permanecer no nível de um sentimento ou emoção. Em geral somos indiferentes ao bem-estar dos outros e não o levamos a sério. Logo, o objetivo dessa prática em particular consiste em inverter essa atitude para que possamos reduzir a intensidade da nossa ganância e do apego que temos por nós mesmos, e para que procuremos considerar significativo e importante o bem-estar dos outros.

Quando abordamos práticas budistas dessa natureza, nas quais haja uma sugestão de que deveríamos aceitar sobre nossos ombros as ofensas e o sofrimento, creio ser vital examiná-las meticulosamente e apreciá-las no seu contexto adequado. O que na realidade se sugere aqui é que, no processo de seguir pelo nosso caminho espiritual e de aprender a pensar no bem-estar dos outros, se formos levados a aceitar certas agruras ou mesmo sofrimento, deveríamos estar totalmente preparados para isso. Os textos não deixam implícito que deveríamos nos odiar, ser cruéis com nós mesmos ou de algum modo desejar nossa infelicidade, num estilo masoquista. É importante saber que essa não é a intenção.

Outro exemplo que não deveríamos interpretar equivocadamente é a estrofe num famoso texto tibetano que diz: "Que eu tenha coragem, se necessário for, para passar eternidades a fio, vidas incontáveis, mesmo no mais profundo dos infernos." O que se quer dizer com essas palavras é que o nível da nossa coragem deveria ser tal que, se essa condição nos for exigida como parte do processo de trabalhar pelo bem-estar alheio, deveríamos ter a disposição e o compromisso de aceitá-la.

Uma correta compreensão dessas passagens é muito importante porque, de outro modo, poderíamos usá-las para reforçar algum sentimento de ódio a nós mesmos, supondo que, se o eu é a encarnação do egocentrismo, deveríamos relegá-lo ao esquecimento. Não nos esqueçamos de que em última análise a motivação subjacente ao desejo de seguir um caminho espiritual é a de atingir a felicidade suprema. Portanto, quando buscamos a felicidade para nós mesmos, estamos também buscando a felicidade para os outros. Mesmo de um ponto de vista prático, para que alguém desenvolva uma compaixão genuína pelos outros, antes ele ou ela precisa ter uma base sobre a qual cultivar a compaixão; e essa base é a capacidade de ligar-se aos próprios sentimentos e cuidar do próprio bem-estar. Se não formos capazes de fazer isso, como poderemos estender a mão para os outros e sentir interesse por eles? Importar-se com os outros exige que nos importemos com nós mesmos.

A prática de *tong len*, dar e receber, abrange as práticas do amor solidário e da compaixão: a prática de dar ressalta a prática do amor solidário, enquanto a prática de receber salienta a prática da compaixão.

Shantideva sugere um método interessante para realizar essa prática em seu *Manual para o estilo de vida do Bodhisattva*. Trata-se de uma visualização para nos ajudar a avaliar as deficiências do egocentrismo e nos fornecer métodos para enfrentá-lo. De um lado, visualizamos nosso próprio eu normal, o eu que é totalmente indiferente ao bem-estar dos outros, uma encarnação do egocentrismo. Esse é o eu que só se importa com o próprio bem-estar, a ponto de com freqüência estar disposto a explorar os outros com extrema arrogância para atingir seus próprios objetivos. Então, de outro lado, visualizamos um grupo de seres que estão sofrendo, sem nenhuma proteção ou abrigo. Podemos focalizar nossa atenção em indivíduos específicos, se quisermos. Por exemplo, se quisermos visualizar alguém que conheçamos bem e por quem sintamos carinho, que esteja sofrendo, podemos tomar essa pessoa como um objeto específico da visualização e realizar toda a prática de dar e receber em relação a ele ou ela. Numa terceira posição, visualizamos a nós mesmos como uma pessoa neutra ou observador imparcial, que procura avaliar de quem é o interesse mais importante ali. O isolamento na posição de observador neutro torna mais fácil que vejamos as limitações do egocentrismo e percebamos como é muito mais justo e racional o interesse pelo bem-estar de outros seres sencientes.

Em conseqüência dessa visualização, começamos aos poucos a sentir uma afinidade com os outros e uma profunda empatia pelo seu sofrimento. E é nesse ponto que podemos iniciar de fato a meditação sobre dar e receber.

Com o objetivo de fazer a meditação sobre receber, costuma ser útil efetuar mais uma visualização. Em primeiro lugar, concentramos nossa atenção em seres sofredores e procuramos desenvolver e fortalecer nossa compaixão por eles, até o ponto em que sintamos que seu sofrimento é quase insuportável. Ao mesmo tempo, no entanto, nós nos conscientizamos de não haver muito o que possamos fazer para ajudá-los em termos práticos. Por isso, a fim de nos treinarmos para uma eficácia maior, com uma motivação moldada na compaixão, visualizamos estar assumindo seu sofrimento, as causas do seu sofrimento, suas emoções e pensamentos negativos, e assim por diante. Podemos fazer isso imaginando todo o seu sofrimento e negatividade como uma corrente de fumaça escura; e então visualizamos essa fumaça nos impregnando.

No contexto dessa prática, podemos também visualizar o compartilhamento das nossas próprias qualidades positivas com outros. Podemos pensar em qualquer ato meritório nosso, qualquer potencial positivo que talvez esteja latente em nós, bem como qualquer *insight* ou conhecimento espiritual que possamos ter alcançado. Podemos enviá-los a outros seres sencientes para que eles também usufruam seus benefícios. Para isso, imaginamos nossas qualidades seja na forma de uma luz brilhante, seja na de uma faixa esbranquiçada de luz, que penetra nos outros seres e é absorvida por eles. É assim que se pratica a visualização de receber e dar.

Naturalmente, esse tipo de meditação, por ser uma visualização, não terá um efeito concreto nos outros, mas o que ela pode fazer é ajudar a aumentar nosso interesse pelos outros e nossa empatia com seu sofrimento, ao mesmo tempo em que ajuda a reduzir a força do nosso egocentrismo. São esses os benefícios da prática.

É desse modo que treinamos a mente para cultivar a aspiração altruísta de ajudar outros seres sencientes. Quando ela surgir em conjunto com a aspiração de alcançar a plena iluminação, teremos atingido *bodhichitta*, ou seja, a intenção altruísta de nos tornarmos plenamente iluminados para o bem de todos os seres sencientes.

Diz a última estrofe:

Que tudo isso se mantenha imaculado,
Isento das manchas das oito preocupações mundanas;
E que eu, reconhecendo serem todas as coisas ilusão,
Desprovido de apego, me liberte da servidão.

As duas primeiras linhas dessa estrofe são de enorme importância para um verdadeiro praticante. As oito preocupações mundanas são atitudes que geralmente tendem a dominar nossa vida. São as seguintes: exultar diante de um elogio, deprimir-se diante de insultos ou menosprezo, sentir felicidade quando se tem sucesso, sentir desânimo quando se fracassa, alegrar-se com a conquista da prosperidade, entristecer-se com o empobrecimento, comprazer-se com a fama e desalentar-se quando não se tem reconhecimento.

Um verdadeiro praticante deveria certificar-se de que seu cultivo do altruísmo não seja conspurcado por esses pensamentos. Por exemplo, enquanto estou dando esta palestra, se eu tiver o mais ínfimo pensamento no fundo da minha mente de que espero que as pessoas me admirem, isso indica que minha motivação está prejudicada por considerações mundanas, ou por aquilo que os tibetanos chamam de "oito preocupações mundanas". É muito importante estar alerta e garantir que isso não ocorra. Do mesmo modo, um praticante pode aplicar ideais altruístas à vida diária mas, se de repente ele sentir orgulho disso e pensar: "Ah, sou um praticante admirável", imediatamente as oito preocupações mundanas conspurcam sua prática. O mesmo vale para o caso de um praticante pensar: "Espero que as pessoas admirem o que estou fazendo", na expectativa de receber elogios pelo grande esforço que está envidando. Todas essas são preocupações mundanas que prejudicam a prática, e é importante garantir que isso não aconteça para que possamos manter nossa prática pura.

Como podemos ver, as instruções que se encontram nos ensinamentos de *lo-jong* sobre a transformação da mente são muito vigorosas. Elas realmente levam as pessoas a pensar. Existe, por exemplo, um trecho que diz o seguinte:

> *Que eu me alegre quando alguém fizer pouco de mim, e que eu não sinta prazer quando alguém me elogiar. Se eu realmente sentir prazer com elogios, isso imediatamente aumenta minha arrogância, orgulho e presunção; ao passo que, se eu sentir prazer com críticas, pelo menos estarei abrindo meus olhos para minhas próprias imperfeições.*

Esse é com efeito um desejo importantíssimo.

Até agora, analisamos todas as práticas que estão relacionadas ao cultivo daquilo que se conhece como "*bodhichitta* convencional", a intenção altruísta de alcançar a iluminação plena para o bem de todos os seres sencientes. Agora, os dois últimos versos das *Oito estrofes* tratam da prática de cultivar o que se conhece como "*bodhichitta* essencial", que se refere ao desenvolvimento do *insight* da natureza essencial da realidade.

Embora a geração de sabedoria faça parte do ideal do *bodhisattva*, conforme exemplificado nas seis perfeições[3], em termos gerais, como vimos anteriormente, o caminho budista apresenta dois aspectos principais – o método e a sabedoria. Os dois estão incluídos na definição de iluminação, que é a não-dualidade da forma aperfeiçoada e da sabedoria aperfeiçoada. A prática da sabedoria ou do *insight* está relacionada à perfeição da sabedoria, ao passo que a prática de meios ou métodos eficazes está relacionada à perfeição da forma.

O caminho budista apresenta-se no interior de uma estrutura geral daquilo que chamamos de Fundamento, Caminho e Fruição. Em primeiro lugar, desenvolvemos um entendimento da natureza básica da realidade em termos de dois níveis de realidade, a verdade convencional e a verdade essencial. Esse é o fundamento. Depois, no cami-

---

3. São elas as perfeições da generosidade, disciplina, paciência, esforço, meditação e sabedoria.

nho em si, aos poucos incorporamos a meditação e a prática espiritual como um todo em termos de método e sabedoria. A fruição final do nosso caminho espiritual ocorre em termos da não-dualidade da forma aperfeiçoada e da sabedoria aperfeiçoada.

Dizem os dois últimos versos:

E que eu, reconhecendo serem todas as coisas ilusão,
Desprovido de apego, me liberte da servidão

Esses versos designam de fato a prática de cultivar o *insight* da natureza da realidade, mas superficialmente eles parecem denotar uma forma de relação com o mundo durante os estágios pós-meditação. Nos ensinamentos budistas sobre a natureza essencial da realidade, distinguem-se dois períodos significativos: um é a sessão meditativa em si, durante a qual permanecemos em meditação concentrada no vazio; e o outro é o período subseqüente à sessão meditativa quando nos envolvemos ativamente com o mundo real, por assim dizer. Logo, esses dois versos dizem respeito diretamente ao modo de nos relacionarmos com o mundo no período subseqüente à nossa meditação sobre o vazio. É por isso que o texto fala de avaliar a natureza da realidade semelhante à ilusão, porque é assim que percebemos as coisas quando emergimos da meditação concentrada no vazio.

Na minha opinião, esses versos transmitem uma idéia muito importante porque às vezes as pessoas imaginam que o que realmente conta é a meditação concentrada no vazio durante a sessão meditativa. Elas dedicam uma atenção muito menor a como essa experiência deveria ser aplicada nos períodos pós-meditação. No entanto, para mim, o período pós-meditação é muito valioso. Todo o sentido de meditar sobre a natureza essencial da realidade consiste em garantir que não sejamos enganados pelas aparências e que avaliemos a lacuna entre como as coisas parecem ser e como realmente são. O budismo explica que as aparências muitas vezes podem ser enganosas. Com uma compreensão mais profunda da realidade, podemos superar as aparências e nos relacionar com o mundo de uma forma muito mais adequada, eficaz e realista.

Costumo dar o exemplo de como deveríamos nos relacionar com nossos vizinhos. Vamos imaginar que estejamos morando numa área específica da cidade, na qual a interação com os vizinhos seja quase impossível; e, no entanto, no fundo é melhor interagir com eles do que ignorá-los. Agir do modo mais sábio depende do ponto até o qual entendemos a personalidade dos vizinhos. Se, por exemplo, nosso vizinho do lado é um homem muito habilidoso, ser simpático e comunicativo com ele será vantajoso para nós. Ao mesmo tempo, se sabemos que bem no seu íntimo ele também pode ser traiçoeiro, esse conhecimento é inestimável se quisermos manter um relacionamento cordial e estar alerta para que ele não tire vantagem de nós. Do mesmo modo, uma vez que tenhamos uma compreensão mais profunda da natureza da realidade, na pós-meditação, quando de fato nos envolvermos com o mundo, iremos nos relacionar com as pessoas de um modo muito mais adequado e realista.

Quando o texto faz referência a encarar todos os fenômenos como ilusões, ele está sugerindo que a natureza das coisas, que é semelhante à ilusão, somente pode ser percebida se nos tivermos livrado do apego aos fenômenos como entidades independentes e separadas. Uma vez que tenhamos conseguido nos livrar desse tipo de apego, surgirá automaticamente a percepção da natureza da realidade, que é semelhante à ilusão. Sempre que as coisas nos aparecerem, mesmo que pareçam ter uma existência independente ou objetiva, em virtude da nossa meditação, saberemos que esse não é de fato o caso. Teremos consciência de que as coisas não são tão substanciais e sólidas como aparentam ser. O termo "ilusão" designa, portanto, a disparidade entre como percebemos as coisas e como na realidade elas são.

A PREPARAÇÃO DA MENTE PARA A ILUMINAÇÃO

Para quem admira os ideais espirituais das *Oito estrofes sobre a transformação da mente*, é útil recitar os seguintes versos para preparar a mente para a iluminação. Budistas praticantes deveriam recitar as estrofes e refletir sobre o significado das palavras, enquanto procuram aumentar seu altruísmo e compaixão. Aqueles de vocês que sejam seguidores de outras tradições religiosas podem tirar proveito dos seus próprios ensinamentos espirituais e tentar comprometer-se a cultivar pensamentos altruístas em busca do ideal altruísta.

Com um desejo de libertar todos os seres	༄༅། །འགྲོ་རྣམས་བསྒྲལ་བར་འདོད་པའི་བསམ་པ་ཡིས།
Procurarei sempre o abrigo	སངས་རྒྱས་ཆོས་དང་དགེ་འདུན་ལ།
no Buda, no darma e no Sangha	བྱང་ཆུབ་སྙིང་པོར་མཆིས་ཀྱི་བར།
até atingir a plena iluminação.	རྟག་པར་བདག་ནི་སྐྱབས་སུ་མཆི།
Enlevado pela sabedoria e pela compaixão,	ཤེས་རབ་སྙིང་བརྩེ་དང་བཅས་པས།
hoje na presença do Buda,	བརྩོན་པས་སེམས་ཅན་དོན་དུ་བདག།
preparo minha Mente para o Pleno Despertar	སངས་རྒྱས་མདུན་དུ་གནས་བགྱིས་ཏེ།
para o bem de todos os seres sencientes.	རྫོགས་པའི་བྱང་ཆུབ་སེམས་བསྐྱེད་དོ།
Enquanto perdurar o espaço,	ཇི་སྲིད་ནམ་མཁའ་གནས་པ་དང་།
Enquanto persistirem os seres sencientes,	འགྲོ་བ་ཇི་སྲིད་གནས་གྱུར་པ།
Que eu também possa permanecer	དེ་སྲིད་བདག་ནི་གནས་གྱུར་ནས།
Para dissipar as desgraças do mundo.	འགྲོ་བའི་སྡུག་བསྔལ་སེལ་བར་ཤོག།།

Para concluir, aqueles que, como eu, se consideram seguidores do Buda, deveriam praticar o máximo possível. Aos seguidores de outras tradições religiosas, eu gostaria de dizer: "Por favor, pratiquem sua própria religião com seriedade e sinceridade." E aos que não crêem, peço-lhes que procurem ter um bom coração. Peço-lhes isso porque essas atitudes mentais de fato nos trazem a felicidade. Como mencionei antes, cuidar dos outros na realidade beneficia quem cuida.

Apêndice I

AS OITO ESTROFES SOBRE A TRANSFORMAÇÃO DA MENTE

Geshe Langri Thangpa

བློ་སྦྱོང་

Determinado a alcançar a meta mais elevada
Em benefício de todos os seres sencientes,
Que supera até a pedra dos desejos,
Que eu os tenha em alta estima para sempre

བདག་ནི་སེམས་ཅན་ཐམས་ཅད་ལ།
ཡིད་བཞིན་ནོར་བུ་ལས་ལྷག་པའི།
དོན་མཆོག་སྒྲུབ་པའི་བསམ་པ་ཡིས།
རྟག་ཏུ་གཅེས་པར་འཛིན་པར་ཤོག།

Sempre que eu interagir com alguém,
Que eu me veja como o menos importante de todos,
E, das profundezas do meu coração,
Respeitosamente considere os outros superiores.

གང་དུ་སུ་དང་གྲོགས་པའི་ཚེ།
བདག་ཉིད་ཀུན་ལས་དམན་པར་བལྟ་ཞིང་།
གཞན་ལ་བསམ་པ་ཐག་པ་ཡིས།
མཆོག་ཏུ་གཅེས་པར་འཛིན་པར་ཤོག།

Em todos os meus atos, que eu sonde minha mente,
E, assim que surgirem aflições mentais e emocionais –
Por ameaçarem a mim e aos outros –,
Que eu com vigor as enfrente e as afaste.

ཇི་སྲིད་ནམ་མཁའ་གནས་པ་དང་།
འགྲོ་བ་ཇི་སྲིད་གནས་འགྱུར་པ།
དེ་སྲིད་བདག་ནི་གནས་འགྱུར་ནས།
འགྲོ་བའི་སྡུག་བསྔལ་སེལ་བར་ཤོག།

Quando vir seres de caráter desagradável
Oprimidos por forte negatividade e sofrimento,
Que eu tenha por eles estima – por serem raros de encontrar –
Como se tivesse encontrado um tesouro precioso!

རང་བཞིན་ངན་པའི་སེམས་ཅན་ནི།
སྡིག་སྡུག་དྲག་པོས་ནོན་མཐོང་ཚེ།
རིན་ཆེན་གཏེར་དང་འཕྲད་པ་བཞིན།
སྙིང་པར་དཀའ་བའི་གཅེས་འཛིན་ཤོག།

Quando os outros, por inveja, me tratarem
Mal, com grosseria, calúnia e desprezo,
Que eu aceite a carga da derrota
E ofereça aos outros a vitória.

བདག་ལ་གཞན་གྱིས་ཕྲག་དོག་གིས།
གཤེ་སྐུར་ལ་སོགས་མི་རིགས་པའི།
གྱོང་ཁ་རང་གིས་ལེན་པ་དང་།
རྒྱལ་ཁ་གཞན་ལ་འབུལ་བར་ཤོག།

Quando alguém a quem ajudei,
Ou em quem tive grandes esperanças,
Me maltratar de modo extremamente doloroso,
Que eu ainda o encare como meu precioso mestre.

གང་ལ་བདག་གིས་ཕན་བཏགས་པའི།
རེ་བ་ཆེ་བ་གང་ཞིག་གིས།
ཤིན་ཏུ་མི་རིགས་གནོད་བྱེད་ནའང་།
བཤེས་གཉེན་དམ་པར་བལྟ་བར་ཤོག།

Em suma, que eu ofereça benefícios e alegria
A todas as minhas mães, de modo direto e indireto,
Que eu em silêncio assuma
Todas as dores e mágoas das minhas mães.

མདོར་ན་དངོས་དང་བརྒྱུད་པ་ཡིས།
ཕན་བདེ་མ་རྣམས་ཀུན་ལ་འབུལ།
མ་ཡི་གནོད་དང་སྡུག་བསྔལ་ཀུན།
གསང་བས་བདག་ལ་ལེན་པར་ཤོག།

Que tudo isso se mantenha imaculado,	དེ་དག་ཀུན་ཀྱང་ཆོས་བརྒྱད་ཀྱི།
Isento das manchas das oito preocupações mundanas;	རྟོག་པའི་དྲི་མས་མ་སྦགས་ཤིང་།
E que eu, reconhecendo serem todas as coisas ilusão,	ཆོས་ཀུན་སྒྱུ་མར་ཤེས་པའི་བློས།
Desprovido de apego, me liberte da servidão.	ཞེན་མེད་འཆིང་བ་ལས་གྲོལ་ཤོག།

Apêndice II

ÉTICA PARA O NOVO MILÊNIO

Palestra aberta ao público em 10 de maio de 1999
no Royal Albert Hall, em Londres

DISCURSO DE APRESENTAÇÃO PROFERIDO POR LORDE REES-MOGG, EX-EDITOR DE *THE TIMES*

Vossa Santidade, senhoras e senhores, é uma honra imensa e comovente proferir o discurso de apresentação nesta ocasião. Vossa Santidade é considerado na Grã-Bretanha um inspirado mestre espiritual e um grande amigo, e nesta noite está cercado de amigos e admiradores. Sua vida é uma das grandes vidas dedicadas aos ensinamentos espirituais na nossa era; e, como a de outros importantes mestres espirituais do nosso tempo, como por exemplo Mahatma Gandhi, ela não tem sido apenas espiritual, mas uma vida necessariamente envolvida no processo da história e no sofrimento do seu povo. E isso é algo que desperta em nós na Grã-Bretanha a maior consideração, solidariedade e admiração.

Tanto na sua vida quanto na das pessoas que o senhor orientou, reconhecemos uma combinação de coragem e compaixão que quase não tem par no mundo moderno. O senhor é um construtor de pontes – pontes na sociedade internacional, pontes entre as grandes religiões –, e a meu ver um dos sinais da qualidade dos seus ensinamentos é o de ter associado uma total fidelidade às suas próprias tradições religiosas a uma grande compreensão das outras tradições religiosas do mundo e amor por elas.

Este é um período muito brutal para o mundo, um período em que mais uma vez parecemos estar ameaçados por guerras e perturbações; e todos estamos conscientes tanto da difícil situação do povo do Tibete quanto do sofrimento que se abateu sobre a Iugoslávia e, em especial, sobre o Kosovo. No seu livro mais recente, o senhor apresenta as idéias que já vem propondo para a tentativa de criar zonas de paz no mundo nos locais onde as rupturas e os riscos sejam maiores. E nós o acolhemos esta noite especialmente como um missionário da idéia de que a paz é o modo correto de resolver os problemas do mundo. Reconhecemos, acima de tudo o mais, que seus ensinamentos espirituais e éticos têm os sinais inconfundíveis da verdade. Talvez esses quatro sinais sejam a humildade, a humanidade, a persistência e a compaixão. Como missionário da paz, como mestre espiritual, receba nossas boas-vindas e nossa profunda gratidão.

SUA SANTIDADE, O DALAI-LAMA

Irmãos e irmãs, é para mim uma grande honra ter a oportunidade de estar hoje com vocês e de lhes falar. Gostaria de aproveitar essa oportunidade para expressar meu reconhecimento ao Tibet House Trust pela organização deste evento. Gostaria também de agradecer aos membros da comunidade tibetana a canção de abertura, que me fez lembrar minha terra natal, o Tibete. Em especial, gostaria de manifestar minha profunda gratidão a lorde Rees-Mogg por seu maravilhoso discurso de apresentação. Ele me elogiou tanto que tenho a impressão de que meus pés não tocam mais o chão. Também estou dizendo isso no sentido literal – esta cadeira é tão alta que meus pés não alcançam mesmo o chão! Por isso, posso tirar os sapatos e cruzar as pernas? Ah, agora está mais confortável.

Já falei neste recinto uma vez. Lembro-me muito bem de que naquela época um dos meus amigos mais velhos e mais íntimos estava aqui, o falecido Edward Carpenter, Deão de Westminster. Sempre tive o mais profundo respeito e admiração por ele. Agora, ele não está mais conosco, mas ainda penso nele, como penso em outros amigos que não se encontram mais aqui. É um sentimento de carinho que toca meu coração e que sempre permanece.

Isso nos mostra que o tempo avança. Ano a ano, mês a mês, dia a dia, hora a hora, minuto a minuto, até mesmo a cada segundo ele sempre está avançando sem nunca parar. Não existe força que possa impedir seu avanço. Ele está fora do nosso controle. Tudo o que podemos fazer é usar o tempo de modo adequado e construtivo ou usá-lo de modo negativo e destrutivo. A escolha é nossa. A decisão está nas nossas mãos. Portanto, façamos bom uso do nosso tempo. Para mim, isso é muito importante. Creio que a vida se destina a nos trazer felicidade. Os atos negativos sempre produzem dor e mágoa, mas os atos construtivos nos proporcionam prazer e alegria.

Pois bem, hoje, muitos de vocês vieram aqui por curiosidade, e não há nada de errado nisso. Temos depois aqueles que vieram com alguma expectativa: não esperem muito de mim! Não tenho nada a oferecer. Às vezes as pessoas vêm me ver com altas expectativas de algum tipo de bênção milagrosa ou algo semelhante, e outros me vêem como alguém que cura. Costumo dizer-lhes que, se eu realmente fosse competente na cura, não teria as espinhas que venho tendo ultimamente. Não consigo curar a mim mesmo! Por isso, não creio que seja positivo nutrir esperanças sem fundamento, e quero deixar claro que todos nós somos seres humanos, uns iguais aos outros. Não sou de modo algum especial.

Todos os seres humanos são basicamente iguais, sejam eles orientais, sejam ocidentais, ricos ou pobres, instruídos ou despreparados, dessa religião ou daquela, crentes ou não – enquanto seres humanos, todos somos fundamentalmente iguais. Em termos emocionais, mentais, físicos, somos iguais. Em termos físicos, talvez haja algumas pequenas diferenças no formato do nariz, na cor do cabelo, e assim por diante, mas essas diferenças são insignificantes. Basicamente, somos iguais. E temos o mesmo potencial, o potencial de transformar nossa própria mente e atitudes. Por exemplo, se hoje você se sente infeliz por estar com medo de alguma coisa, por estar com inveja ou com raiva, todas essas reações vão deixá-lo ainda mais infeliz. Por outro lado, hoje você poderia estar se sentindo feliz, e poderia ter a impressão de que não tem nada com que se preocupar; mas, em decorrência de alguma condição imprevista, tudo poderia dar errado. Todos nós temos basicamente o mesmo potencial para nos expormos a experiências positivas e negativas. Além disso, também temos o mesmo potencial para transformar nossas atitudes.

É muito importante saber que cada um de nós pode se tornar uma pessoa melhor, mais feliz. Creio ser importante reconhecer isso.

Ora, venho percebendo que algumas pessoas parecem estar muito entusiasmadas com o novo milênio. Há uma espécie de expectativa de que o novo milênio por si só traga dias diferentes e mais felizes. Para mim, esse pensamento está equivocado. A menos que haja algum novo milênio no interior do nosso coração, o novo milênio lá fora, por si, não vai mudar muita coisa: ainda teremos os mesmos dias e noites, o mesmo sol e a mesma lua, e assim por diante. No último mês de dezembro, fiz uma curta visita a Paris, e na Torre Eiffel tinha sido instalada uma contagem do número de dias que restavam neste século. Tudo isso revela um tipo de entusiasmo, uma atitude geral de expectativa diante do novo século. Mas então, pensei: "Que diferença o novo século de fato trará?" Na realidade, creio que a vida prosseguirá do mesmo jeito.

Gostaria de dizer que o mais importante é transformar nossa mente, para que possamos ter um novo modo de pensar e uma nova perspectiva. Acredito que deveríamos fazer um esforço para desenvolver um novo mundo interior. Há séculos, e há gerações, a humanidade investe toda a sua energia no desenvolvimento da sociedade em termos de confortos materiais, com base na ciência e na tecnologia. Na minha opinião, hoje, o mundo como um todo, e em especial as nações ocidentais, alcançou padrões de vida muito elevados. No entanto, muitos problemas persistem, especialmente no que diz respeito ao crime e à violência. Na Inglaterra, nos Estados Unidos e em outros países, alguns jovens chegam a atirar nos outros sem muita razão. E no campo das relações internacionais, muitas vezes tenho a impressão de que as nações que têm em alta estima a liberdade e a democracia – mesmo nações como os Estados Unidos ou países da Europa ocidental – na realidade ainda dependem muito da força.

Creio que esses são conceitos antigos. No passado, os interesses nacionais eram mais ou menos independentes uns dos outros; e as comunidades eram em grande parte auto-suficientes mesmo no nível da aldeia. Em semelhantes circunstâncias, os conceitos de guerra e de atividade militar eram totalmente pertinentes: se houver vitória do nosso lado, haverá derrota para o inimigo do outro lado. Na atualidade, porém, essa situação mudou radicalmente. Não só as aldeias, mas nações e até mesmo continentes apresentam uma forte interdependência, especialmente em termos econômicos. Nessas circunstâncias, destruir nosso vizinho equivale de fato a destruir a nós mesmos. Por isso, creio que agora podemos dizer que estão superados os antigos modos de pensar e as políticas que os acompanhavam.

E ainda há a questão do estilo de vida. Todos os anos, sempre esperamos que haja crescimento nacional. E, se ocorre uma estagnação no crescimento, as pessoas acreditam que algo deu errado. Mais cedo ou mais tarde chegaremos a um ponto em que não poderemos avançar mais. Observem o abismo entre os ricos e os pobres. Em termos globais, os habitantes do norte têm bens materiais em excesso; mas os do sul são seres humanos, exatamente como os do norte, e os dois vivem juntos no mesmo planeta. Mesmo assim, as necessidades básicas dos habitantes do sul não são satisfeitas e eles chegam mesmo a passar fome. Às vezes, penso que a inanição é causada pelos seus próprios erros. Algumas dessas nações aplicam sua riqueza em equipamentos militares em vez de aplicá-la na agricultura, e assim por diante, e o resultado pode ser a fome. E mesmo numa nação muito rica, como os Estados Unidos, existe um enorme abismo entre os bilionários e os pobres. Alguns norte-americanos amigos meus recentemente me disseram que há apenas alguns anos o número de bilionários era cerca de quinze, creio eu, mas que agora esse número é muito maior. Aumentou a quantidade de bilionários, mas os pobres ainda estão pobres e, em alguns casos, até mesmo mais pobres.

Esse enorme abismo entre os ricos e os pobres em termos globais, e no interior das nações, não é só errado em termos morais mas é também fonte de problemas práticos. Precisamos, portanto, tratar desses problemas, e temos de elevar os padrões de vida do sul e das pessoas mais pobres em geral.

Há mais de quinze anos visitei uma universidade neste país e conversei com um especialista em meio ambiente e recursos naturais. Disse-me ele que, se os padrões de vida no sul fossem elevados ao nível dos padrões que os habitantes do norte já desfrutam, com a atual população mundial, era duvidoso se os recursos naturais do planeta seriam suficientes. Portanto, como eu disse, um modo de tratar do problema é elevar os padrões de vida nos países mais pobres e em segmentos dos países mais ricos, mas a conseqüência disso poderia ser que mais cedo ou mais tarde iríamos deparar com os limites dos nossos recursos naturais. Essa solução parte do pressuposto de que nosso estilo de vida não pode ser questionado; mas na minha opinião, pelo contrário, vale a pena analisá-lo novamente.

A poluição também é um grave problema. Realizar algumas conferências a esse respeito aqui e acolá parece muito bom, mas é necessária uma implementação real e efetiva. Mais uma vez, creio estar essa questão relacionada ao estilo de vida. Nos Estados Unidos e também aqui em

Londres, vemos montes de carros nas ruas, mas muitos deles levam apenas uma pessoa. Parece que quase todo o mundo tem um automóvel; e creio que algumas famílias têm dois ou três. Ora, pensem só na população da China, superior a dois bilhões de pessoas, e na da Índia, cerca de 900 milhões. De acordo com esse modelo, haveria cerca de três bilhões de automóveis somente naqueles países. Isso seria dificílimo.

São esses os problemas. Às vezes penso que não sou só eu que tenho essa atitude crítica diante da situação vigente, mas milhões de pessoas. Mas geralmente a voz delas não é ouvida com clareza. Portanto, talvez eu esteja falando por esses milhões que se mantêm em silêncio ou cuja voz é fraca. Infelizmente, nós percebemos a realidade da nossa situação, mas existe uma lacuna entre nossa percepção dela e nossas atitudes. Creio que a realidade mudou, mas nosso pensamento ainda continua o mesmo, e só isso já cria muitos problemas.

Outro ponto é que alguns dos problemas que estamos enfrentando, no Kosovo, na Irlanda do Norte ou na Indonésia, não são problemas que surgiram da noite para o dia. Eles vêm se desenvolvendo há décadas, e em alguns casos há gerações. Creio que, nos estágios iniciais, quando havia maior oportunidade de mudar a situação e esfriar os ânimos, as pessoas não prestaram muita atenção. Ignoraram o problema, pensando que talvez ele não fosse tão sério, ou que as pessoas diretamente envolvidas deveriam se encarregar dele. Depois, quando a situação se tornou crítica, já era tarde demais. Uma vez que as emoções humanas se encontrem fora de controle, é muito, muito difícil lidar com elas. Na realidade, de acordo com o pensamento budista, quando causas e condições vêm evoluindo sem controle por um longo período, chega-se a um ponto em que não se tem mais como reverter o processo.

Creio que muitos dos nossos problemas surgem desse modo. Durante os estágios iniciais, há maior possibilidade de reduzir o problema, de eliminá-lo ou de impedir que se transforme numa crise. Mas nesse estágio não chegamos a tratar dele. Tenho essa impressão também quanto à questão tibetana. Nas décadas de 1920, 1930 e 1940, parece-me que os próprios tibetanos foram muito descuidados com relação ao futuro do país. É assim que acontece; e, quando evolui para uma verdadeira crise, a situação torna-se explosiva. Nessa hora, já é tarde demais.

O uso da força é, naturalmente, um último recurso. Um aspecto da violência é o de ser imprevisível. Embora nossa intenção inicial seja a de usar uma força limitada, uma vez que se tenha cometido violência, as conseqüências são imprevisíveis. A violência sempre gera efeitos inesperados e contra-ataques. E parece ser exatamente isso o que está acontecendo no Kosovo. Portanto, a violência é, em termos gerais, o método errado especialmente na atualidade, creio eu.

A partir de uma análise desses acontecimentos atuais, vê-se que há sinais concretos de que algo está errado com nossa atitude normal. Se desenvolvermos a atitude correta, creio que poderemos reduzir alguns desses problemas e que outros problemas poderiam até mesmo ser eliminados. Muitas das nossas dificuldades em sua essência são originadas pelo homem; são nossa própria criação. Logo, se a humanidade quiser usar métodos mais apropriados com uma visão mais abrangente e sagaz, penso que a situação poderá mudar com bastante rapidez.

Com base na experiência deste século, e do que aprendemos com ela, deveríamos reavaliar nossas atitudes, dedicar um esforço maior ao aperfeiçoamento e então talvez o próximo século seja mais feliz, mais pacífico e mais amável. Essa é minha firme crença. Pelo menos, em comparação com o início deste século, creio que hoje, em termos gerais, houve mudanças positivas no nosso enfoque; há sinais de que estamos desenvolvendo uma perspectiva mais ampla. Poderíamos dizer que a humanidade está ficando mais madura. Portanto, se continuarmos a empreender esforços incansáveis nesse sentido, principalmente através da educação, creio que o próximo milênio poderá ter mais paz. No entanto, para que isso se cumpra, precisamos nos preparar bem. Se estivermos plenamente preparados, creio que vale a pena sentir entusiasmo pelo novo milênio; mas, a menos que alguma mudança ocorra em nosso íntimo, qualquer expectativa de que o ano-novo por si só vá produzir uma grande mudança não é realista.

O futuro da humanidade depende da geração atual. Cada um de nós tem, portanto, a responsabilidade de pensar no futuro. Nesse contexto, sempre procuro compartilhar com os que me ouvem a seguinte idéia: que o futuro da humanidade depende em grande escala do nosso próprio pensamento e comportamento.

Mencionei anteriormente a importância da educação. A educação moderna é muito boa, mas parece estar baseada numa aceitação universal da importância de desenvolver o cérebro, ou seja, na formação intelectual. Dedica-se atenção insuficiente ao desenvolvimento da pessoa como um todo, no sentido de torná-la uma boa pessoa ou de desenvolver um coração caloroso. Creio que uma instituição educacional separada foi criada na Europa cerca de mil anos atrás; e naquela época eram a Igreja e a família que cuidavam da formação moral e do estímulo ao calor humano. Daquela forma, a educação era bastante equilibrada. No entanto, com o passar do tempo, a influência da Igreja diminuiu, e a vida em família às vezes tornou-se instável ou problemática, de tal modo que em épocas recentes esse importante aspecto da formação das crianças foi sendo negligenciado. É como se não houvesse nenhuma instituição em particular que tenha responsabilidade específica por cuidar do coração.

Creio estar totalmente claro que a educação, ou o conhecimento, é semelhante a um instrumento; e se esse instrumento é utilizado de um modo construtivo ou destrutivo depende da motivação de cada pessoa. Um sistema de educação que cultiva apenas cérebros aguçados pode às vezes gerar mais problemas; e, do ponto de vista do indivíduo, ter um excesso de pensamentos inteligentes e imaginação demais pode até mesmo levar a um colapso nervoso.

Se uma criança com uma boa formação intelectual por acaso tiver pais com um coração carinhoso e um sentido de responsabilidade tanto pelo querer bem quanto pela disciplina, esses aspectos poderão unir-se e ser muito construtivos. É minha esperança que no futuro o sistema educacional preste mais atenção ao desenvolvimento do amor e de um bom coração. Acho que isso é necessário. Desde o jardim-de-infância até a universidade, creio ser importante tratar de questões morais relacionadas à vida do indivíduo como um todo, aí incluído seu papel na sociedade e na família. Sem isso, não se pode ser uma pessoa feliz, não se pode ter uma família feliz e, por conseguinte, não se pode ter uma sociedade feliz. Os pais também têm uma responsabilidade especial nesse setor. E espero que no futuro haja menos divórcios, em particular entre casais que tenham filhos. Para as crianças principalmente, creio ser muito importante que os pais tenham um casamento feliz e duradouro. Desse modo, através da sua própria prática e exemplo, os pais demonstrarão aos filhos as vantagens do amor, da bondade e do afeto.

Gostaria de acrescentar que creio ser muito útil apresentar às crianças a idéia de que, sempre que depararem com uma situação de conflito, o modo melhor e mais prático para resolvê-la é através do diálogo, não da violência. A violência significa que um lado sai vitorioso e o outro, derrotado. Mas esse não é um enfoque realista no mundo atual, como mencionei anteriormente. Se os interesses fossem bem definidos e o meu interesse fosse independente do seu, nesse caso a vitória e a derrota funcionariam. Mas na atualidade os interesses de todo o mundo estão tão entrelaçados que isso é impossível. Logo, a única solução é uma concessão mútua de meio a meio, se possível, ou talvez na proporção de 60%-40%! Como não existe nenhuma possibilidade de um lado obter uma vitória bem definida, o diálogo é essencial. A fim de resolver um problema, é preciso avaliar o que está em risco do lado dos nossos oponentes, cuidar dos seus interesses da melhor forma possível e com esse enfoque procurar encontrar uma solução. Creio que seja positivo apresentar a idéia do diálogo nas escolas desde cedo, e treinar os alunos para debater opiniões diferentes. Desse modo, eles praticarão o debate, e o conceito do diálogo aos poucos se instilará neles. O diálogo é o método apropriado, o método eficaz, o método realista.

Sempre haverá conflitos e divergências na sociedade humana. Mesmo no nosso íntimo, podemos descobrir que estamos plenamente convencidos de uma idéia pela manhã, mas à tarde já nos ocorre outra idéia, e pode surgir um conflito interior entre as duas. Isso às vezes pode ser extremamente difícil. Um forte conflito interior pode às vezes levar ao suicídio. Portanto, sempre que se têm duas idéias conflitantes, a atitude sábia consiste em analisar bem os dois lados da argumentação e então encontrar uma síntese que supere as contradições e conflitos. Sabemos que existem forças contraditórias em todo o mundo; mas, se pudermos reuni-las e buscar um equilíbrio, teremos feito algum progresso. Além disso, se pudermos avaliar com sabedoria opiniões contraditórias e superar a contradição, novas idéias surgirão. Portanto, nesse sentido, a contradição em si não é prejudicial. Com efeito, ela pode ser a base para o desenvolvimento futuro. É somente quando ela foge ao controle e se expressa com violência que se torna destrutiva.

Uma vez que o estudante tenha desenvolvido um bom hábito, assim que surgir um conflito, sua reação imediata será através do diálogo em vez de através da violência ou da beligerância. A algumas platéias digo que, por meio desse treinamento, é possível que, ao voltar da escola para casa e encontrar os pais brigando, um estudante possa conseguir convencê-los de que esse comportamento está errado. Creio que, por meio dessa formação, um dia todos teremos nítida consciência de que os seres humanos são animais sociais e que nossos interesses individuais dependem da sociedade. Portanto, cada indivíduo deveria ser uma pessoa sensata e afetuosa, além de ser um bom cidadão. Isso proporcionará paz de espírito em termos individuais, familiares e em termos comunitários. Sempre que surgirem diferenças, nós as analisaremos em conjunto e compartilharemos nossas ansiedades uns com os outros de modo pacífico e amigo.

O desenvolvimento desse tipo de atitude está relacionado aos valores humanos básicos, ou seja, a um sentido de importar-se com o outro, de responsabilidade e de perdão. Poderíamos chamá-los de valores espirituais básicos. Se acreditamos numa religião ou não é uma questão de escolha individual, mas independentemente de termos ou não uma fé religiosa, enquanto formos seres humanos, enquanto fizermos parte da sociedade humana, sem essas qualidades humanas positivas não poderemos ser felizes. O próprio objetivo da vida é encontrar a felicidade, portanto não faz sentido negligenciar exatamente aquelas atitudes que estão diretamente relacionadas a nos tornar felizes.

Podemos chamar esses valores humanos essenciais de "ética secular", já que não dependem da fé religiosa. "Secular" neste contexto não quer dizer que necessariamente rejeitemos a religião mas, sim, que a fé religiosa é uma questão do indivíduo.

Creio que realmente precisamos fazer um esforço maior para promover esses valores humanos essenciais. Há boas razões para desenvolver essas qualidades, porque acredito basicamente que a natureza humana é bondosa. Quanto a isso, existem opiniões diferentes, é claro. Dizem alguns que a natureza humana é agressiva. No entanto, se avaliarmos nossa vida como um todo, desde o início até a morte, creio que a agressão é apenas ocasional. E ainda acredito que o todo da nossa vida é extremamente envolvido com o amor e o afeto.

Por exemplo, nossa constituição física é tal que até mesmo as células do nosso corpo funcionam melhor se tivermos paz de espírito, ao passo que uma mente perturbada costuma produzir algum desequilíbrio físico. Se a paz de espírito é importante para a saúde, isso significa que o corpo em si é estruturado de uma forma que se harmoniza com a paz de espírito. Portanto, podemos dizer que a natureza humana é mais inclinada à bondade e ao afeto.

Mesmo nossa estrutura corporal parece projetada não para a luta, mas para o abraço. Olhemos para nossas mãos: se fossem destinadas a golpear, parece-me que seriam duras como cascos. E o que é mais importante, de acordo com a ciência médica, as semanas imediatamente posteriores ao nosso nascimento são cruciais para nosso desenvolvimento, porque o cérebro cresce com muita rapidez e, durante esse período, o contato físico – com nossa mãe ou outra pessoa – é um dos fatores mais importantes para o desenvolvimento saudável do cérebro. Isso demonstra que, mesmo em termos físicos, somos beneficiados pelo afeto dos outros. Todas essas reações demonstram que precisamos do afeto humano.

No nível mental, também, descobrimos que, quanto mais solidários formos, mais paz de espírito teremos. No momento em que pensamos nos outros, nossa mente alarga seus horizontes e se abre. Com isso, nossos problemas pessoais parecem insignificantes. Por outro lado, se pensamos só em "mim, mim, mim", todo o nosso foco mental se estreita e se fecha; com isso, mesmo problemas ínfimos parecem enormes. Quando pensamos no bem-estar dos outros e compartilhamos seu sofrimento, nesse instante podemos nos sentir infelizes ou perturbados, mas estamos assumindo isso de livre e espontânea vontade. Bem no fundo, sentimos coragem, autoconfiança e força interior quando nos importamos com o sofrimento dos outros. Em com paração, quando sofremos com problemas que surgem fora do controle da nossa vontade, a experiência do sofrimento arrasa conosco. Portanto, há uma grande diferença entre as duas experiências.

◆

De acordo com minha própria pequena experiência, quanto mais eu medito sobre a compaixão e penso no número infinito de seres sencientes que estão sofrendo, mais eu tenho uma imensa sensação de força interior. E então os problemas que eu possa ter, aqui e ali, não importam tanto. Quanto maior for a nossa força interior e a confiança em nós mesmos, mais isso reduzirá o medo e as dúvidas, o que automaticamente nos tornará mais abertos. Poderemos, assim, nos comunicar com nossos irmãos e irmãs de todos os lugares com uma facilidade muito maior porque, quando estamos abertos, os outros reagem da mesma forma. Por outro lado, quando sentimos medo, ódio ou dúvida, a porta do nosso coração está fechada. Nesse caso, nós nos relacionamos com todos com suspeita. Creio que o pior é vivenciar a suspeita e a dúvida: temos a impressão de que os outros também nutrem suspeitas ou dúvidas semelhantes a nosso respeito e, conseqüentemente, nos tornamos cada vez mais distantes. Isso resulta em solidão e frustração.

É por isso que a compaixão e o importar-se com os outros são atitudes realmente maravilhosas. O problema é que geralmente as pessoas acreditam que a mensagem da compaixão, do amor e do perdão é uma mensagem religiosa; e por isso quem não tem nenhum interesse especial por uma religião costuma negligenciar esses valores. Para mim, isso está errado. Todos nós devemos prestar mais atenção a esses valores. Esse é um modo de nos prepararmos para o próximo milênio.

◆

Meu segundo ponto principal é a importância crucial da harmonia e entendimento entre as religiões. A fé religiosa é uma exclusividade do ser humano, pois no reino animal não existe nada que se assemelhe à crença religiosa. A fé pode ser útil se for usada da forma correta mas, se isso não ocorrer, ela poderá provocar catástrofes. O motivo para tal é que a fé religiosa envolve emoções humanas, e às vezes nossas emoções podem desencaminhar-se. Nesse caso, não há mais espaço para a razão e nós nos tornamos fanáticos ou fundamentalistas. É por isso que precisamos nos esforçar mais para garantir que todas as principais religiões do mundo canalizem o potencial humano para o aprimoramento da humanidade – para servir à humanidade e salvar o planeta – enquanto, ao mesmo tempo, procuramos reduzir os conflitos travados em nome da religião.

Já há alguns anos venho praticando vários métodos para alcançar esse objetivo, e alguns dos meus irmãos e irmãs espirituais de outras fés também estão se unindo a mim nesse caminho.

O primeiro método consiste em organizar reuniões entre estudiosos das diferentes tradições, para analisar as diferenças e semelhanças primeiramente no nível acadêmico.

O segundo método consiste em organizar reuniões de praticantes sérios das diversas religiões, nos quais eles possam trocar suas experiências interiores. Trata-se de uma experiência muitíssimo intensa e extremamente útil para a compreensão do valor de tradições diferentes da nossa. No meu próprio caso, reuni-me com o falecido Thomas Merton e outros praticantes sérios, e meu encontro com essas pessoas realmente abriu meus olhos para o valor de outras tradições. Esse método é muito útil para desenvolver a compreensão e o respeito mútuos.

O terceiro método é a peregrinação mista. Um grupo de fiéis de diferentes tradições religiosas visita em conjunto os locais sagrados das várias tradições. Se possível, eles oram; se não for possível, simplesmente ficam sentados em meditação e silêncio. Peregrinações desse tipo são uma experiência extremamente valiosa e profunda. Uma vez, visitei Lourdes, no sul da França, não como turista, mas como peregrino. Bebi a água benta, parei diante da imagem de Maria e pensei no meu íntimo que ali, naquele lugar, milhões de pessoas que estão buscando bênçãos ou tranqüilidade encontram o que procuram. Enquanto eu contemplava a imagem de Maria, um profundo sentimento de admiração e estima pelo cristianismo brotou em mim, simplesmente porque ele proporciona tantos benefícios a milhões de pessoas.

O cristianismo pode ter uma filosofia diferente, mas isso é uma outra questão. O valor prático da ajuda e dos benefícios que proporciona é totalmente claro. Portanto, descobri ser muito útil vivenciar um sentimento mais profundo sobre outras religiões através da atmosfera desses locais sagrados. Uma quantidade de cristãos já aceitou essa proposta, e no ano passado alguns dos meus irmãos e irmãs cristãos vieram passar alguns dias em Bodh Gaya. Tivemos um diálogo entre budistas e cristãos, e a cada manhã, à sombra da Árvore Bodhi, nós nos sentávamos juntos para meditar. Creio que isso teve importância histórica. Desde a vinda do Buda há mais de 2.500 anos e desde a vinda de Jesus há quase 2.000 anos, creio que essa foi a primeira vez em que ocorreu uma reunião dessa natureza.

O quarto método consiste em organizar reuniões como a que se realizou em Assis, na Itália, em meados da década de 1980. Líderes religiosos de diversas fés reúnem-se, recitam orações do mesmo palanque e trocam algumas palavras sobre um tema específico (em Assis, o tema era o meio ambiente). Esse tipo de evento pode ser muito significativo para os milhões de seguidores de cada religião, quando eles vêem seus próprios líderes participando de uma conversa tão amável e transmitindo a mesma mensagem de paz que outras fés. Esses são, portanto, os quatro métodos que sugiro que sigamos para incentivar a harmonia religiosa.

Há um outro ponto sobre o qual eu gostaria de conversar com vocês hoje. Já falamos sobre o estímulo a um sentimento de importar-se com os outros, de compartilhamento dos problemas dos outros e de tentar reduzir o ódio. Não deveríamos deixar nenhum espaço para o ódio, seja em termos individuais, dentro da família, na sociedade, seja na humanidade como um todo, porque o ódio é o verdadeiro destruidor da nossa paz e felicidade. O que precisamos é de algo semelhante a um desarmamento interior. Com o desarmamento interior e com uma percepção dos efeitos da guerra, o conceito de atividade militar e de destruição torna-se ultrapassado.

Com base nisso, temos de pensar seriamente em como reduzir as armas. Em primeiro lugar, deveríamos lidar com as armas nucleares; e felizmente já existem programas para desmontar ogivas nucleares, o que é um começo maravilhoso. Esses programas não deveriam se limitar apenas ao número de ogivas, mas creio ser importante que também tenham como alvo a total destruição das armas nucleares. Portanto, ainda é necessário um esforço maior. Depois, passo a passo, creio que o mundo deveria ao longo do tempo se livrar das instituições militares, e deveríamos ter um mundo desmilitarizado. Creio que essa deveria ser nossa meta a longo prazo. Não estou dizendo que deveríamos nos desarmar da noite para o dia. Em alguns casos, creio que isso pode levar gerações. Mas, na minha opinião, vale a pena ter esse tipo de projeto em mente.

Naturalmente, sempre haverá alguns seres humanos nocivos por aí. E, para enfrentá-los, é preciso que haja algum tipo de força internacional. Já temos algo dessa natureza na força internacional de paz sob o comando das Nações Unidas. Antes de mais nada, deveríamos criar no nível regional uma força militar limitada, composta de uma pequena força móvel eficaz e de alta qualidade, que deveria ser controlada por todos os estados membros. Se surgir um confronto, essa força poderia atuar como contramedida. No entanto, nenhuma nação teria uma força militar independente própria. Um exemplo é a Costa Rica, que há mais de 50 anos se beneficia de um estado desmilitarizado.

Desse modo, creio que o desarmamento interno e externo se complementam.

Para mim, a primeira vantagem propiciada por essa atitude é que ela representará uma grande economia. Cada bomba e cada míssil teleguiado é extremamente caro. Portanto, se um conflito durar semanas ou meses, somas altíssimas estarão envolvidas. Em vez de desperdiçar nosso dinheiro e usá-lo com finalidades destrutivas, creio que deveríamos usá-lo de modo mais construtivo. Basta imaginar como seria vantajoso se esse dinheiro fosse destinado à construção de hospitais ou escolas em países mais pobres.

Nós não só economizaríamos muito dinheiro, mas também evitaríamos um certo grau de poluição. Às vezes eu digo em tom de brincadeira que aquelas fábricas que produzem tanques poderiam facilmente produzir equipamentos de terraplenagem. E os cientistas que trabalham no setor militar, e que até agora dedicaram seus conhecimentos e seu cérebro maravilhoso ao desenvolvimento de diversos meios de destruição, poderiam passar para um campo mais construtivo. Quando fizerem isso, valerá a pena pagar-lhes o dobro!

◆

Precisamos seguir esse raciocínio se nos interessarmos pelo bem e pela felicidade da humanidade no futuro. Por isso, para mim, deveria haver menos empolgação com o novo milênio e mais reflexão íntima, mais atenção dedicada a nos prepararmos para ele. Na minha idade, penso que pertenço a este século e, com o tempo, estarei pronto para me despedir. Logo, é a geração mais nova que realmente moldará o próximo século. Portanto, todos vocês que são mais jovens deveriam refletir com cuidado, sem emoção e sem apego, a partir de uma perspectiva ampla e com uma visão de longo alcance. Isso é importantíssimo.

Cheguei ao final da minha palestra. Se vocês acharem que vale a pena aprofundar mais alguns pontos, por favor façam isso mesmo. Por outro lado, se na sua opinião os pontos que apresentei não são tão pertinentes, ou simplesmente não fazem sentido, então é melhor esquecê-los e deixá-los para trás aqui mesmo! Muito obrigado.

PERGUNTAS

Pergunta: Vossa Santidade, luto com meus pensamentos sobre a guerra no Kosovo. Por um lado, não quero dar apoio a nenhuma matança, mas também não acho que o Ocidente deva ignorar a situação. Tenho consciência dessa mesma situação no Tibete, na Birmânia, em Ruanda, e assim por diante. Nós não somos responsáveis pelos atos do nosso governo?

Como agir agora para amenizar o sofrimento dos sérvios e dos albaneses do Kosovo?

SSDL: Durante as últimas semanas, muita gente fez essa mesma pergunta, em especial pessoas daquela área que buscam ansiosas meu conselho. Mas não sou nenhum especialista. Meu conhecimento é baseado apenas em reportagens de jornais e semelhantes. O fato de que organizações ocidentais, como a OTAN, estão demonstrando preocupação com as violações dos direitos humanos no Kosovo e com o sofrimento do povo da região é naturalmente muito positivo. Pode dizer-se o mesmo do seu esforço para impedir a limpeza étnica, que é uma política tão terrível. Algumas pessoas da geração mais velha ainda têm uma lembrança nítida do horrível genocídio praticado pelos nazistas na Segunda Guerra Mundial. Portanto, a reação dessas nações é, na minha opinião, muito encorajadora e muito positiva, mas o método que estão usando é a força. Sou basicamente sempre contrário ao uso da força, pelos motivos que delineei.

Qual é a alternativa? Que alternativa existe para dar um basta a essas aflições humanas nas atuais circunstâncias? Não sei. É muito difícil. Na minha opinião, como mencionei antes, agora é tarde demais. Creio que realmente deixamos de aproveitar a oportunidade em ocasião anterior. No entanto, com base na nossa experiência no Kosovo, deveríamos agora prestar mais atenção a outras regiões do planeta, em que existe a possibilidade de crise no futuro, e deveríamos adotar medidas de prevenção.

Pergunta: Vossa Santidade, no Ocidente existe uma pressão cada vez maior para que os jovens tenham uma atitude competitiva em termos acadêmicos em decorrência da carência de empregos e da falta de equilíbrio espiritual. Como isso pode mudar? O senhor não acha que já fomos longe demais e que é difícil reverter o processo?

SSDL: Como já disse, para mim não é tarde demais. Se, como sociedade, tentarmos mudar nosso modo básico de pensar e de lidar com as questões; e, se a sociedade como um todo mudar, ainda existirá um potencial. Por mais difícil que seja, não deveríamos perder a esperança e a confiança. Manter o otimismo é de extrema importância. Se, desde o início, sentimos que não podemos fazer nada porque existem dificuldades, essa atitude derrotista e pessimista torna-se a verdadeira origem do fracasso. Não importa se atingimos ou não nosso objetivo dentro de um prazo curto ou mesmo na nossa vida atual. Se alguma coisa realmente vale a pena, devemos procurar alcançá-la. Assim, pelo menos, não teremos arrependimento. Se recuarmos diante de dificuldades, com o tempo sempre acabaremos nos arrependendo.

Pergunta: O senhor apóia a idéia de uma fé universal, uma religião universal?

SSDL: O que você quer dizer com isso? Que todas as religiões deveriam ser unificadas? Às vezes, chamo a compaixão de religião universal. Mas, se você estiver querendo dizer que deveríamos criar uma religião universal com algumas idéias extraídas de uma religião e algumas de outra, creio que isso não faz sentido. É muito melhor manter as diferentes tradições religiosas distintas, de modo que cada religião continue exclusiva. Assim, a variedade de filosofias e a variedade de tradições satisfarão uma variedade de pessoas. Creio que o próprio motivo pelo qual surgiram tantas religiões diferentes no mundo, para início de conversa, foi porque as pessoas são diferentes e têm predisposições mentais diferentes. Uma única religião nunca satisfaria a todos. Por isso, é muito melhor ter uma série de tradições.

Ao mesmo tempo, como já mencionei, existem algumas diferenças fundamentais entre as religiões. Recentemente, na Argentina, participei de uma mesa-redonda sobre religião e ciência com um bispo, um cientista e um cientista médico. Quando chegou minha vez, mencionei despreocupadamente que no budismo não existe nenhum conceito de um "Criador" e por isso diz-se que a lei da causalidade não tem um início. Mais tarde, o bispo demonstrou surpresa porque havia pensado que até mesmo o budismo aceitava Deus como Criador. "Ah", disse ele, "então não existe uma base para diálogo entre o cristianismo e o budismo." Essas palavras ele disse em tom bastante jovial.

E eu lhe disse que sim, que há diferenças fundamentais, mas que há práticas comuns e uma mensagem comum, como a mensagem de compaixão, amor, perdão e contentamento. As duas religiões têm o mesmo objetivo. Para algumas pessoas, o conceito do Criador tem grande poder, já que o Criador é cheio de compaixão e misericórdia e essa própria vida que temos foi criada por Ele. Essa idéia produz uma sensação de intimidade com Deus, de tal modo que sentimos que, para cumprir o desejo de Deus, nós mesmos deveríamos sentir compaixão. Qualquer verdadeiro cristão deveria demonstrar compaixão e amor genuínos pelos outros seres humanos. Esse é o real significado do amor de Deus. Se alguém não se dá ao trabalho de praticar o amor e a compaixão para com seus semelhantes, mas ao mesmo tempo diz "Deus é grande", para mim isso é hipocrisia. Para ser um bom cristão, a pessoa deveria praticar a compaixão, o amor e o perdão; e, como diz a Bíblia, se alguém lhe desse um tapa, ela deveria oferecer a outra face. É isso o que chamamos de tolerância no budismo. Portanto, existem muitas semelhanças entre o cristianismo e o budismo.

Quando examinamos o objetivo dessas tradições diferentes, podemos ver que ele é o mesmo, e que se baseia no mesmo potencial. A idéia do budismo e do jainismo de que não existe nenhum Criador e de que tudo depende da nossa própria responsabilidade é simplesmente uma abordagem mais eficaz para certas pessoas. Poderíamos, portanto, dizer que cada religião tem seu método exclusivo para produzir bons seres humanos.

Pergunta: Vossa Santidade, às vezes parece que as escolhas que fazemos são predeterminadas por causas e condições. Até que ponto temos realmente alguma liberdade de escolha?

SSDL: Quando falamos na lei de causa e efeito, estamos falando de um princípio universal que se aplica a todas as coisas e acontecimentos.

Tudo chega a existir em conseqüência de causas e condições. No contexto específico da experiência de seres vivos, estamos falando de uma situação em que as ações de um indivíduo fazem parte do processo causal. O fato de que os indivíduos são agentes atuantes que participam do processo causal pressupõe que eles sejam seres conscientes com algum poder de escolha sobre os atos que cometem. Existe também um outro nível de escolha: embora tenhamos praticado uma ação específica que pôs em andamento um certo curso de acontecimentos, essa ação causal em si não é suficiente para que ocorra a fruição. As circunstâncias e outras condições auxiliares são necessárias para ativar a causa e levá-la à fruição completa. Sob esse aspecto, temos alguma liberdade de controlar ou, pelo menos, de influenciar essas circunstâncias e condições.

Pergunta: Vossa Santidade, a pena capital sempre foi uma questão no debate popular. Qual é sua opinião com relação a esse assunto?

SSDL: Sou contra a pena de morte. Creio que é negativa, e me deixa muito triste. Sempre que vejo fotografias de presos condenados que estão no corredor da morte, sinto-me muito perturbado e constrangido.

Veja bem, para mim, basicamente todo o mundo tem emoções aflitivas. O potencial para o ódio ou para a raiva intensa está ali dentro de todos nós. Em decorrência das circunstâncias, algo aconteceu a essas pessoas e elas agiram de acordo com essas emoções, mas creio que elas também têm dentro de si o potencial para o bem. Por esse motivo, é melhor não rejeitar mentalmente os criminosos, mas trazê-los de volta à sociedade e dar-lhes uma chance de se aprimorarem e se transformarem. Ouvi dizer que no presídio de Tihar, na Índia, as autoridades criaram um curso de meditação para os presidiários, com um resultado tremendo. Muitas pessoas mudaram de verdade. Nos Estados Unidos, também, voluntários estão ajudando presidiários, dando-lhes treinamento espiritual. A Anistia Internacional está fazendo uma campanha pela proibição total da pena capital, e eu já a assinei.

Pergunta: De onde vem a raiva?

SSDL: *[Ri]* Acho que cada filosofia tem uma explicação diferente. Do ponto de vista budista, a raiva decorre principalmente da ignorância. Em termos mais imediatos, creio que a raiva decorre do apego. Quanto maior for nosso apego, maior a probabilidade de que sintamos raiva.

A raiva, como qualquer outra emoção negativa, faz parte da nossa mente; mas, por outro lado, a compaixão, o amor solidário e o altruísmo também fazem parte da nossa mente. Portanto, o que é importante é analisar nossos pensamentos. Quais pensamentos são úteis? Quais pensamentos são perniciosos? Depois de nos termos examinado desse modo, descobrimos que alguns pensamentos se contradizem. Por exemplo, a raiva e o ódio contradizem o amor solidário. Nós nos perguntamos então quais os benefícios do ódio, e quais os benefícios do amor solidário. Se tivermos a impressão de que o amor solidário é útil, poderemos tentar incentivá-lo como uma medida contra o ódio e a raiva. Se a quantidade desses pensamentos aumentar, a quantidade dos pensamentos contrários será reduzida. É assim que treinamos nossa mente.

Sem um treinamento desse tipo, todo o mundo tem pensamentos negativos e pensamentos positivos; e os dois têm igual intensidade. Certas condições provocam emoções negativas ao passo que outras provocam emoções positivas. No entanto, ao fazer um esforço consciente podemos mudar esse modelo, e é isso o que queremos dizer com transformar a mente. É uma forma de nos aperfeiçoarmos. Creio que, independentemente de a pessoa ser religiosa ou não, quanto mais ela acalentar um sentimento de amor solidário, mais feliz e mais calma ela será. Sua perspectiva básica permanecerá calma e, mesmo que ela receba notícias perturbadoras, isso não a perturbará demais. Portanto, essa é uma abordagem muito útil. Por outro lado, se a pessoa for predominantemente infeliz em decorrência do ódio ou de certos pensamentos negativos que abrigue, então mesmo quando lhe chegarem boas notícias, isso poderá deixá-la ainda mais perturbada.

Como todos buscamos uma vida feliz, creio que realmente vale a pena refletir sobre essas questões e analisar nossos pensamentos. Deveríamos então tentar aplicar nossos bons pensamentos ao melhor uso possível e tentar minimizar nossos pensamentos negativos. Dessa forma, estaremos treinando nossa mente. Considero essa experiência útil para todos. Não importa se somos ricos ou pobres, todos nós temos o mesmo tipo de cérebro, e todos nós temos o mesmo laboratório com o qual trabalhar na nossa cabeça e coração. E essa experiência não custa nada. Tudo está aqui, dentro de nós mesmos. Mesmo os pobres, mesmo os mendigos podem fazer isso. Na realidade, no passado, alguns dos grandes mestres no Tibete viviam como mendigos, mas sua mente e seu coração estavam repletos de riqueza.

LEITURA RECOMENDADA

བློ་སྦྱོང་

Dalai-Lama, *Kindness, Clarity and Insight* (tradução e organização de Jeffrey Hopkins), Snow Lion, Nova York, 1984.

Dalai-Lama, *A Flash of Lightning in the Dark of Night: A Guide to the Bodhisattva's Way of Life* (tradução do Padmakara Translation Group), Shambhala, Estados Unidos, 1994.

Dalai-Lama, *The Power of Compassion* (tradução e organização de Geshe Thupten Jinpa), Thorsons, Londres, 1995.

Dalai-Lama, *Four Noble Truths* (tradução de Geshe Thupten Jinpa; organização de Dominique Side), Thorsons, Londres, 1998.

Dalai-Lama, *Heart of Buddha's Path* (tradução de Geshe Thupten Jinpa), Thorsons, Londres, 1999.

Dalai-Lama, *Ancient Wisdom, Modern World – Ethics for the New Millennium*, Little, Brown and Co., Londres, 1999.

Jay Garfield, *The Fundamental Wisdom of the Middle Way* (tradução do *Mulamadhyamakakarika* de Nagarjuna), Oxford University Press, Oxford, 1995.

The Library of Tibet, *Way to Freedom*, Thorsons, Londres, 1995.

The Library of Tibet, *Awakening Mind, Lightening Heart*, Thorsons, Londres, 1997.

Nagarjuna e o 7º Dalai-Lama, *The Precious Garland and the Song of the Four Mindfulnesses* (tradução de Jeffrey Hopkins), Wisdom of Tibet Series 2, George Allen & Unwin, Londres, 1975.

Shantideva: traduções do seu *Bodhicaryavatara* que incluem: *The Way of the Bodhisattva* (tradução do Padmakara Translation Group), Shambhala, Estados Unidos, 1997; e *The Bodhicharyavatara* (tradução de Kate Crosby e Andrew Skilton), Oxford University Press, Oxford, 1996.

IMPRESSÃO E ACABAMENTO
YANGRAF
GRÁFICA E EDITORA LTDA.
TEL/FAX.: (011) 218-1788
RUA: COM. GIL PINHEIRO 137